KB273397

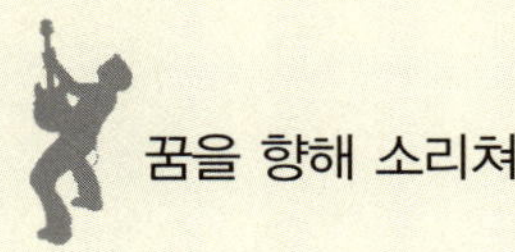
꿈을 향해 소리쳐

꿈을 향해 소리쳐

초판 1쇄 인쇄 ㅣ 2010년 5월 10일
초판 1쇄 발행 ㅣ 2010년 5월 15일

지은이 ㅣ 유현상
펴낸이 ㅣ 김찬웅
펴낸곳 ㅣ 세종미디어
편집주간 ㅣ 임덕경
디자인 ㅣ 권대홍 · 조인경
마케팅 실장 ㅣ 김용구

등록번호 ㅣ 제301-2008-217
등록일자 ㅣ 2008. 12. 24.
주소 ㅣ 서울시 마포구 서교동 355-29 금성빌딩 206호
전화 ㅣ 02-2269-1145   팩스 ㅣ 02-2265-1175
이메일 ㅣ sejongpub@hanmail.net

값 12,000원
ISBN 978-89-963186-0-6 03810

■ 자료 사진을 제공해 주신 분들
권오승(저자의 초등학교 동창) · 김윤중(도프 매니지먼트 대표)
이도연(백두산팬클럽 회장) · 김지만(백두산팬클럽 운영진) · MAXIM(남성 월간지)

꿈을 향해 소리쳐

80년대 후반 백두산이 등장했을 때 그 파워풀한 노래와 연주에 나는 반하고 말았다. 한국에도 헤비메탈이 통할 수 있다는 것을, 그들은 지독한 연습을 통해 쌓은 실력으로 증명해 보였다. 놀라운 일이었다. 하지만 백두산은 불과 3년 만에 해체되고 말았다. 가사가 영어라는 이유로 방송에 출연하지 못하게 된 것이 결정타였다. 좀처럼 이해할 수 없는 이유였고, 그것은 시대적 불행이었다.

하지만 유현상은 시대적 불행을 뛰어넘어 후배 양성이라는 새로운 길을 걸었다. 내가 추천하기 전에 이미 그는 여고생 가수 이지연을 키우고 있었다. 우리나라 최초의 아이돌 스타라고 할 수 있는 이지연이 어느 날 갑자기 미국으로 떠나 한순간에 모든 것을 잃었지만 그에게 좌절 따윈 없었다. 그가 국민들에게 많은 사랑을 받았던 아시아의 인어 최윤희의 사랑을 얻을 수 있었던 것은 어쩌면 당연한 일이다. 앞이 보이지 않는 상황에서도 희망의 끈을 놓지 않는 남자, 열정을 다해 세상을 사는 남자가 바로 유현상이니까. 그가 쓴 최초의 자전적 에세이인 이 책은 우리들에게 말하고 있다. '생각을 바꾸면 새로운 삶이 보인다.'고.

– 송창의 (tvN 대표이사)

어렸을 때 현상 오빠는 지독한 개구쟁이였다. 그런 오빠가 대한민국 헤비메탈의 전설이 될 줄 누가 알았겠는가. 지금의 40~50대들은 선명하게 기억하고 있을 것이다. 오빠의 강렬한 목소리와 파격적인 몸짓을. 당시 젊은이들에게 오빠는 우상 같은 존재였다. 그들은 답답함 속내를 오빠의 노래를 들으며 풀었고, 살아가는 힘을 얻었다.

나는 이 책을 읽으면서 백두산 호랑이처럼 무대를 뛰어다니며 팬들을 휘어잡던 오빠와, 오빠의 노래에 열광하던 팬들의 모습을 떠올렸다. 현상 오빠를 그리워했던 지난날의 젊은이들이여, 가슴 깊이 묻어두었던 열정을 되살려라. 우리에게도 힘차고 뜨거웠던 시절이 있었음을 기억하라. 그가 다시 우리에게 돌아왔으니. 마치 선물과도 같은 이 책은 4050뿐만 아니라 1020 젊은이들에게도 희망과 용기를 듬뿍 안겨줄 것이다.

– 인순이 (가수)

누군가가 나에게 "록의 대부 유현상 씨가 트로트를 하신 것에 대해 어떻게 생각하느냐?"고 물은 적이 있다. 그때 나는 분명하게 대답했다. 음악은 하나라고. 록이나 트로트나 똑같은 음악이다. 어느 음악이 더 급이 높다고 말할 수 없다.

나는 형이 트로트 가수로 변신하여 활동했던 시기를 일종의 음악 여정을 떠났던 시간이라고 생각한다. 그 긴 여행을 마치고 다시 백두산의 보컬로 되돌아온 형을, 나는 진심으로 환영한다. 하지만 트로트를 불렀던 형도 나에겐 마찬가지로 소중하다.

나는 고등학교 때 처음 현상이 형을 만났다. 그때부터 지금까지 형은 나에게 든든한 버팀목이 되어주었다. 힘들 때 형을 만나면 따뜻한 위로를 받았고, 용기를 얻었다. 내가 그랬던 것처럼 여러분들도 이 책을 읽고 위로를 받고 용기를 얻었으면 한다. 나는 오늘도 열정적으로 살아가는 형에게 삶의 자세를 배운다. 형님! 내 마음속에는 항상 형님이 계신다는 거, 알고 계시죠?

– 김태원 (그룹 부활의 리더)

내가 현상이를 처음 본 것은 20대 초반이었다. 하얀 눈이 축복처럼 쏟아져내리는 어느 겨울날 새벽에 기타를 치면서, 노래를 부르며 남산을 올라가는데 나처럼 기타를 메고 노래를 하면서 내려오는 사람이 있었다. 바로 현상이었다. 나는 깜짝 놀랐다. 나보다 더 열심히 연습을 하는 친구가 있으리라는 생각은 하지 못했던 것이다.

지독한 연습 벌레 유현상, 그는 진정한 음악 고수다. 나는 알고 있었다. 현상이가 언젠가는 다시 로커가 되어 무대에 서리라는 것을. 현상이만큼 록을 사랑하는 사람도, 또 열정적인 사람도 없었으니까. 다만 환갑을 바라보는 나이에 20대 못지않은 소리를 내지르다 쓰러지는 것은 아닐는지, 조금 걱정이 된다. (현상아, 나이 생각해서 좀 살살

해라!)

　팬들에게 최고의 무대를 보여주기 위해 항상 최선을 다하는 내 친구, 유현상. 이 책을 읽으면 그가 얼마나 멋진 사람인지 잘 알게 될 것이다. 하루를 평생처럼 사는 현상이의 삶에 대한 열정이 이 책을 통해 세상에 널리 퍼지기를 바란다.

– 윤수일 (가수)

　1980년대 후반 롭 할포드를 연상케 하는 금속성 초고음을 내지르던 유현상. 20여 년이 지났어도 그의 샤우팅 창법은 여전히 송곳처럼 날카롭기만 하다. 그것은 유현상이 백두산의 화려한 부활을 꿈꾸며 끊임없이 자신의 실력을 갈고 닦았다는 증거이기도 하다.

　백두산은 해외 진출을 노리고 야심차게 만든 2집 앨범의 곡들이 영어 가사라는 이유로 방송출연금지 처분을 받자 한국의 음악 풍토에 회의를 느낀 기타리스트 김도균이 영국으로 떠나면서 해체되고 말았다.

　이 책에는 세계적인 기타리스트를 꿈꿨던 유현상의 어린 시절부터 그의 음악 세계, 꿈을 이루기 위한 피나는 노력, 톱 가수의 매니저로 절정의 시간을 보내다 날개 잃은 새처럼 추락했을 당시의 좌절감과 고통, 아시아의 인어 최윤희와의 만남, 가족에 대한 사랑 등 우리들이 잘 알지 못했던 이야기들이 때로는 유쾌하게, 때로는 감동적으로 담

거 있다.

암담한 상황에서도 희망을 잃지 않고, 가족을 위해 자신을 희생하고, 환갑을 바라보는 나이에도 도전을 멈추지 않는 그의 삶은 놀라울 정도로 감동적이다. 지금 불행에 발목 잡혀 있다고 생각하는 사람들, 잃어버린 열정을 되찾고 싶은 사람들은 당장 이 책을 펼쳐보기 바란다. 삶에 대한 의지와 힘찬 용기를 얻을 수 있을 것이다.

– 임진모 (음악평론가)

백두산 선배님들의 2집 앨범이 한국 헤비메탈 사에 길이 남을 명반이라는 것은 누구도 부인할 수 없는 사실이다. 세계적인 보컬리스트 유현상 선배님의 하늘을 찌를 듯한, 4옥타브를 넘나드는 샤우팅 창법과 천재 기타리스트 김도균 선배님의 폭풍이 휘몰아치는 듯한 속주 연주는 전율 그 자체였다.

놀라운 것은 20여 년이 지난 지금도 선배님들의 빼어난 실력은 그대로라는 것이다. 아니, 사운드가 예전보다 한층 더 강렬해졌다. 무슨 이유일까? 무협지 주인공처럼 영약이라도 드신 것일까? 이 책, 선배님의 음악에 대한 열정과 가족에 대한 사랑을 흠뻑 느낄 수 있는 이 책을 읽으면 그 답을 알 수 있을 것이다. 선배님, 사랑합니다! 존경합니다!

– 노브레인 (가수)

신중현 선생 이래로 짧지 않은 한국 록의 역사에서 백두산, 그리고 유현상이라는 이름이 갖는 무게는 실로 어마어마한 것이다.

백두산은 한국 록이 공중파 텔레비전을 누비면서 가장 번성했던 시절에 그 선두에 섰던 자랑스러운 그룹이며, 유현상은 바로 그 팀의 절대적 존재였다.

나는 아직도 가사가 영어라는 이유만으로 백두산 2집 앨범의 노래들이 방송을 탈 수 없었던 현실에 가슴 아픔을 느끼며, 우리의 어린 록 키드들이 이 책을 읽고 제2, 제3의 유현상이 되어 훗날 그처럼 멋진 모습으로 록이란 무엇인가를 보여줄 수 있기를 바란다.

– 언니네이발관 이석원 (가수)

돌격! 우리가 백두산이다!

사람들은 백두산을 말할 때 흔히 '대한민국 록의 전설'이라는 표현을 쓴다. '대한민국 최초의 헤비메탈 그룹'이라는 말도 빠지지 않는다. 그 표현들 속에 백두산에 대한 그리움이 녹아 있음을 나는 안다. 예전에 우리가 백두산으로 활동했던 기간이 길어야 3년밖에 되지 않는데 참으로 고마운 일이다. 우리를 인정하는 사람들이 그만큼 많고, 또 우리를 기다리는 팬들도 그만큼 많다는 뜻이니까.

백두산은 유현상의 또 다른 이름이다. 비록 멤버들과 함께한 시간보다 떨어져 지낸 시간이 더 많지만 그 생각만큼은 변함이 없다. 솔직히 말하면 백두산이 대한민국을 상징하는 산인 것처럼 우리도 대한민국 록을 상징하는 그룹으로 영원히 팬들의 기억 속에 남고 싶다. 너무 지나친 욕심일까?

내가 다시 백두산이라는 이름으로 무대 위에 선 것은 2008년 8월

17일. 팀이 해체된 지 정확히 21년 만이었다. 장소는 공교롭게도 내 고향이나 마찬가지인 동두천. 더군다나 대형 야외무대에 서는 것이었다. 마치 먼 길을 돌아와 거울 앞에 선 느낌, 이제야 본래의 내 모습을 찾았다는 느낌이 들었다.

공연 시작 전에 주최 측으로부터 공로패를 받은 우리는 후배들의 박수를 받으며 무대 위에 올랐다. 비에 젖은 무대는 조금 미끄러웠다. 각자 자리를 잡은 도균이와 창식이, 춘근이 모두 긴장된 눈빛으로 나를 쳐다보았다.

나는 원년 멤버인 그들과 눈으로 서로를 격려하는 대화를 나누고 천천히 무대 밑을 둘러보았다. 몇 명인지 모를 수많은 팬들이 우리를 지켜보고 있었다. 뜨거운 무엇이 가슴속에서 솟구쳐 올라왔다.

나는 몸을 돌려 멤버들에게 손짓을 했다. 멤버들은 기다렸다는 듯 오프닝 음악을 연주했다. 나는 팬들을 향해 힘껏 외쳤다.

"우리가 대한민국이다. 너나 할 것 없이 우리가 대한민국이다. 우리가 백두산이다. 우리 모두가 대한민국이다."

다시 마주한 세상 앞에서 새로운 시작을 알리는 내 목소리가 떨리고 있었다.

"자, 외치자! 외치자! 백·두·산, 백·두·산."

그와 동시에 팬들도 "백·두·산"을 연호하기 시작했다.

오후 늦게 내리기 시작한 빗줄기는 갈수록 굵어졌지만 오히려 축복처럼 느껴졌다. 21년 만에 다시 모여 음악을 한다는 것이 하늘의 은

혜를 받은 것 같았다.

나는 신곡인 「우리가 대한민국이다」에 이어 「말할걸」을 불렀다. 팬들은 21년 전의 노래를 분명히 기억하고 있었다. 우리들의 노래를 따라 하는 목소리가 마치 확성기에 대고 소리치는 것처럼 귓가에 크게 들려왔다. 착각이 아니었다. 환청이 아니었다. 「주연배우」, 「어둠 속으로」, 「Women driving highway」, 「Up in the sky」를 부를 때도 마찬가지였다.

나는 알고 있었다. 몸 상태가 좋지 않아 목소리가 제대로 나오지 않는다는 것을. 우리들의 연주 또한 완벽하진 않다는 것을. 다시 모여 20일 정도 연습하고 오른 무대였다. 주어진 시간이 충분치 않아 내심 불안했었다. 하지만 우리들의 부족한 부분을 팬들은 훌륭히 메워주고 있었다. 백두산을 기다려준 팬들이 고마웠다. 우리들이 이렇게 음악을 할 수 있는 이유가 바로 팬들이 있기 때문 아닌가.

공연은 예정된 시간을 훌쩍 넘겨 자정 무렵에야 끝이 났다. 그래도 아쉬웠는지 팬들은 목이 터져라 "앙코르 백두산!"을 외쳤다. 어느 틈엔가 빗물인지 모를 눈물이 흘러내렸다. 고마웠다. 행복했다. 그때 나는 다짐했다.

이제부터 시작이다. 이제부터. 비록 앞이 안 보이는 자욱한 안개 속을 또 걸어가야 하겠지만, 나는 계속 진격할 것이다. 돌격할 것이다. 쓰러질 때 쓰러지더라도 끝까지 무대에 오를 것이다.

제6장 백두산, 다시 세상을 향해 외치다

제1장

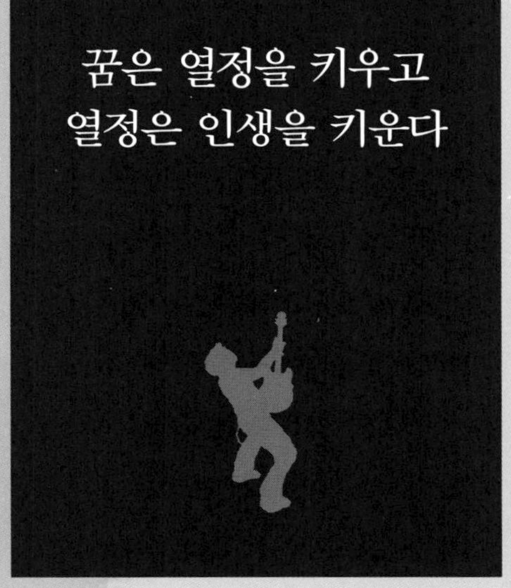

음악은 폭풍 같은 세계였다. 나는 정신없이 그 속으로 빨려 들어갔다. 큰형이 거침없이 부르는 노랫소리를 들을 때면 온몸에 소름이 돋는 듯한 묘한 전율이 일어나곤 했다. 그리고 어느 순간부터 기타가 치고 싶어졌다.

국민가수 인순이 매력 포인트
Made by 유현상

　21년 만에 다시 선 무대, 2008록페스티벌이 열린 동두천은 나에겐 특별한 곳이다. 나는 동두천에서 그리 멀지 않은 포천군 영동면 양문리에서 5남 1녀 중 셋째로 태어났다. 양문리는 나지막한 뒷산이 병풍처럼 둘러싼 한적한 시골 마을이었다. 봄이면 진달래와 할미꽃, 5월이면 아카시아 꽃향기가 봄이면 진달래와 할미꽃, 5월이면 아카시아 꽃향기가 진동했는데 울타리를 친 집이 단 한 곳도 없었다. 국수 한 그릇만 끓여도 나눠 먹을 정도로 이웃 간에 정이 깊어 누구도 애써 울타리를 치려하지 않았다.

　아버지는 송해, 백남봉, 백금녀 등 쟁쟁한 분들이 소속되어 있는 서울악극단 단장이었다. 어머니는 연극배우 출신으로 결혼하기 전까지는 연극무대에 섰었다고 한다. 아버지도 단장을 맡기 전에는 연극을 했고 노래도 불렀으니, 요즘 말하는 연예인 가정에서 태어난 셈이다.

유명 배우 못지않게 키가 크고 멋쟁이였던 아버지는 사업 수단도 꽤나 좋았던 것 같다. 포천에서는 방이 꽤나 많은 숙박업소를 운영했고, 훗날 이사한 동두천에서는 제법 잘나가는 요식업소를 운영했으니 말이다. 그러나 욕심이 많지 않으셔서 사업을 크게 벌이지는 않으셨다.

집이 잘산다는 것은 나쁘지 않은 일이었다. 어른 아이 할 것 없이 동네 사람 누구도 나를 함부로 대하지 못했다. 그 때문일까. 어렸을 때 나는 지독한 개구쟁이였다. 동네 남자애들 중에 나에게 얻어맞지 않은 아이가 없었다. 얼마나 짓궂게 굴었는지 여자애들은 나만 나타나면 슬금슬금 꽁무니를 뺐다.

나는 진달래가 피기 시작하는 봄에는 사내아이들을 이끌고 산에 올라가 편을 짜서 칼싸움을 했고, 여름이면 집 앞에 있는 강을 부지런히 드나들며 물고기를 잡았다.

당시 지금은 국민가수가 된 인순이가 우리 집 여관에 세 들어 살았는데 그래도 인순이는 다른 여자애들처럼 나를 피하지 않고 잘 따랐다. 지금 생각해 보면 나를 조금은 좋아했던 것 같다. 나도 인순이가 싫지 않았다. 특히 노래 부를 때는 참 예쁘다는 생각까지 들었다.

한번은 인순이와 집 앞에서 놀다가 티격태격 다툰 적이 있다. 무슨 일 때문이었는지는 잘 기억나지 않는다. 아마 내가 장난을 심하게 걸어서 화가 났던 것 같다. 인순이는 나와 싸워봤자 좋을 것 없다는 생각이 들었는지 냅다 달아났고, 나는 도망치는 인순이를 쫓아가 몸을 밀쳤다. 그때 공교롭게도 인순이는 화단처럼 돌이 쌓여 있는 곳에 넘어져 뾰족한 돌에 턱이 찢기고 말았다.

인순이 턱의 보조개는 그렇게 해서 생겼다. 내가 인순이의 매력 포인트를 만들어 준 것이다. 인순이 하면 '턱 보조개'가 떠오를 정도로 너무 예쁘게 잘 만들어져서 가끔 만나면 성형수술 비용을 나에게 줘야 하는 거 아니냐고 묻곤 한다. 물론 인순이는 말도 안 되는 소리 하지 말라며 질색을 하지만. 사실 그 정도 수술을 하려면 몇 백만 원은 써야 하지 않겠는가. 인순아. 농담이라는 거 알지? 그땐 정말 미안했어.

인순이네는 우리에겐 가족이나 다름없었다. 인순이 어머님과 우리 어머니는 친자매처럼 지내서 우리 형제들은 인순이 어머니를 '이모'라고 불렀다. 인순이도 마찬가지로 우리 어머니를 '이모'라고 불렀다. 내가 초등학교 2학년 때 우리 집이 포천 백이리에서 동두천으로 이사를 했는데, 그때 인순이네도 함께 이사를 해서 같은 동네에 살았다.

인순이의 재능을 처음 알아본 사람은 아버지라고 할 수 있다. 아버지는 노래 잘하고, 활발하고 착한 인순이를 친딸처럼 아꼈다. 인순이가 초등학교에 다닐 때부터 데리고 다니며 악극단 무대에 자주 올렸을 뿐만 아니라 노래자랑 같은 행사가 있으면 빠짐없이 내보냈다. 인순이가 가수로 성장한 데에는 아버지의 역할이 컸던 것이다.

　반면에 나는 음악에는 별로 관심이 없었다. 어떻게 하면 재미있게 놀 수 있을까, 어떻게 하면 아이들을 놀려먹을 수 있을까, 하는 것이 내 유일한 관심사였다. 하지만 부모님에게 물려받은 끼는 언젠가는 드러나는 모양이었다.

오직 기타만을 위한 가출

언제부터였을까, 음악이 내 귀에 들려오기 시작한 것이. 기타를 치고 싶다는 욕구가 튀밥처럼 톡톡 튀어 올라온 것이. 기타를 치며 멋지게 노래를 부르는 큰형에게 영향을 받은 것일까?

중학교를 졸업하고 고등학교에 들어갈 무렵이었다. 졸업과 입학 사이에 놓인 긴 겨울방학, 그 시간을 서라벌예대 작곡과에 다니는 큰형과 함께 지내며 나는 음악이라는 거대한 세계에 한 걸음 발을 들여놓게 되었다. 훗날 포크송 작곡가로 이름을 알린 큰형, 유진은 어느덧 우상 같은 존재로 내 마음속에 자리를 잡았다.

음악은 폭풍 같은 세계였다. 나는 정신없이 그 속으로 빨려 들어갔다. 큰형이 거침없이 부르는 노랫소리를 들을 때면 온몸에 소름이 돋는 듯한 묘한 전율이 일어나곤 했다. 그리고 어느 순간부터 기타가 치고 싶어졌다. 미치도록 치고 싶어 신촌에 있는 음악학원을 찾아가 원장님에게 부탁했다.

"기타 한번만 쳐 볼 수 없을까요?"

원장님은 느닷없이 찾아와 뜬금없는 부탁을 하는 내가 흥미로웠는지, 아니면 상대하기 싫었는지 순순히 기타를 내주었다.

아버지에게 물려받은 피는 내 몸속에 그대로 살아 있었다. 기타를 건네받는 순간 마치 감전된 것처럼 손끝이 떨려왔다. 알 수 없는 힘이 나를 어딘가로 이끌고 있었다. 큰형이 기타 치는 모습을 눈여겨봐 두었던 나는 머릿속에 떠오르는 형의 동작을 그대로 따라 했다. 놀랍게도 그럴듯한 소리가 흘러나왔다. 원장님이 기타 좀 쳐봤냐고 물어볼 정도였다. 처음이라고 대답했더니 원장님은 깜짝 놀라는 눈치였다. 그러나 내 말은 사실이었다. 기타 줄을 만진 것은 그때가 처음이었다.

기타였다. 음악이었다. 나에게도 남다른 재능이 있었다. 나는 곧바로 기차를 타고 집에 돌아와 어머니에게 기타를 사달라고 말했다. 하지만 어머니는 딱 잘라 거절했다.

"안 돼."

"왜요?"

"하라는 공부는 안 하고 기타는 무슨. 안 된다면 안 되는 줄 알아."

아무리 졸라도 어머니는 꿈쩍도 하지 않으셨다. 정식으로 음악을 공부하는 큰형과 비교를 하며, 이제 곧 고등학생이 될 텐데 초등학교 때처럼 장난만 쳐대고 나쁜 친구들과 어울려 싸움질이나 하고 다니는 나를 믿지 못하겠다고 하셨다.

"그런 네가 기타를 쳐?"

어머니는 비웃듯이 말했다.

"알았어요. 안녕히 계세요."

지렁이도 밟으면 꿈틀한다고 했던가. 나는 어머니의 말에 상처를 받고 그 즉시 집을 뛰쳐나왔다. 가출을 단행한 것이다.

깊은 겨울이었다. 찬바람이 몰아치는 세상은 생각보다 추웠다. 그러나 주위에 음악과 음악을 좋아하는 친구들이 있어 견딜 만했다. 나는 마포에 사는 친구 집에 눌러앉아 눈칫밥을 먹으며 음악학원에 나가 기타를 배우기 시작했다.

어머니가 나를 찾아온 것은 일주일쯤 지난 후였다. 아마도 친구 어머님이 연락을 하신 것 같았다. 어머니는 한참 나를 쳐다보더니 뜻밖의 소식을 전해 주었다. 서울로 이사를 하기로 결정했다는 것이었다.

동두천초등학교를 나온 나는 서울 마포에 있는 광성중학교로 진학해 3년 내내 기차를 타고 통학을 했다. 그 점이 부모님 마음에 걸렸던 모양이었다. 통학생들 중에는 유난히 거친 아이들이 많았는데 그 중에서도 내가 대장이었던 것이다.

"기타도 사줄 테니 약속 하나만 하자."

어머니가 심각한 얼굴로 나를 바라보았다.

"뭔데요? 말씀하세요."

나는 뛸 듯이 기뻤지만 아무렇지도 않은 척 대답했다.

"나쁜 친구들과 어울리지 말고 공부 열심히 할 것. 약속할 수 있니?"

"그럼요."

나는 크게 고개를 끄덕였다. 내 인생의 첫 가출이자 마지막 가출은 그렇게 마무리되었다. 긴 겨울방학도 서서히 끝나가고 있었다.

너희들끼리 해 인마!

가출로 얻어낸 기타는 나에게 보물 1호가 되었다. 어머니와의 약속을 지켜 공부를 하긴 했지만 내 관심은 기타에 집중되어 있었다. 기타를 치는 시간이 즐거웠고 행복했다. 내 인생은 이제부터 시작이라는 생각마저 들 정도였다. 음악의 세계로 점점 더 깊이 걸어 들어가는 하루하루가 새로웠다.

그 무렵 서울시민회관지금의 세종문화회관에서 보컬그룹 경연대회가 열린다기에 친구들과 함께 보러 갔다. 그때 나는 처음으로 우리나라 최초의 소울 밴드인 데블스와 김태화 선배가 이끄는 록그룹 라스트찬스를 봤다. 특히 라스트찬스의 멤버들은 모두 멋진 옷을 입고 있었고, 머리를 허리까지 길게 기르고 있었다. 무대 매너도 뛰어나 공연을 보는 내내 감탄사가 흘러나왔다. 한마디로 충격이었다. 눈이 부실 만큼 멋있었다.

라스트찬스는 내게 큰 자극을 주었다. 나는 그날 이후 더 열심히 연습을 했고, 현재 우리나라 최고의 베이스 주자인 신현권 등과 함께 그룹을 결성했다. 리드 기타와 보컬은 내가 맡기로 했는데 그룹명은 정하지 못했다. 멤버들이 머리를 맞대고 아무리 궁리해도 마땅한 이름이 떠오르지 않았던 것이다.

이름이야 어쨌든 그해 겨울, 우리는 각자 주머니를 털털 털어서 모은 돈으로 광화문 국제극장 뒤에 있는 여심다방을 빌려 공연을 했다. 태어나 처음으로 사람들 앞에서 하는 공연이었다. 그러니 내 음악 인생의 첫 무대는 바로 여심다방이라고 할 수 있다.

처음이라 많이 떨렸지만 우리는 서로 호흡을 맞춰가며 무사히 공연을 마칠 수 있었다. 사람들의 반응도 제법 괜찮은 편이었다. 그때부터 자신감이 생긴 우리는 길거리에서 사람들을 모아놓고 공연을 했는데 입소문이 퍼져 학교 축제에 초청을 받기도 했다. 공연을 하면 할수록 실력이 콩나물처럼 쑥쑥 자라는 느낌이었다.

그러던 어느 날이었다. 전라남도 광주 송정리에 있는 미군부대 클럽에서 키보드를 치는 형이 음악학원 연습실로 우리를 찾아왔다. 그 형은 우리들이 연주하는 모습을 지켜보더니 이렇게 말했다.

"야, 너희들 실력이면 미군부대에서 일해도 되겠다. 근데 너희들 머리가 짧으니까 가발을 쓰자."

그 형은 자기가 우리 그룹의 리더를 맡겠다며 우리들에게 돈도 주겠다고 했다. 입맛이 당기는 제안이었다. 망설일 이유가 없었다.

그날 형과 함께 송정리로 내려간 우리는 매일 밤 미군부대 클럽에서 공연을 했다. 가발까지 쓰고 어른 흉내를 내니 정말 프로가 된 듯한 기분이었다.

하지만 그 기분은 불과 열흘 만에 깨끗이 사라져버리고 말았다. 당시 미군부대 클럽은 가끔 대형가수를 초청해서 스페셜 쇼를 열었는데, 우리가 일하는 클럽에 대스타였던 패티김이 온 것이었다. 리더인 형이 패티김을 보고 우리들에게 한 첫마디는 "야, 오늘은 내가 몸이 너무 안 좋다. 너희들끼리 올라가서 해."였다. 형은 우리들의 음악 수준이 형편없다는 것을 잘 알고 있었다. 대스타 앞에서 오프닝을 해야 하는데, 더군다나 다른 팀들도 와서 지켜보고 있는데 우리와 함께 연주를 하면 망신을 당할 것이 빤하니까 자기는 쏙 빠지려는 것이었다.

"아무리 몸이 아파도 그렇지, 형. 패티김이 왔잖아요. 형이 리드를 해줘야 우리가 연주를 하죠!'

나는 형을 붙잡고 사정했다. 하지만 형은 냉정하게 말했다.

"너희들끼리 해, 인마."

그러고는 뒤도 안 돌아보고 클럽을 나갔다. 당황한 우리는 떠밀리듯 무대 위로 올라가 연주를 하기 시작했다. 리드를 해줘야 할 형이 나 몰라라 빠져버렸으니 좋은 소리가 나올 수 있겠는가. 당연히 엉망진창이었다.

그날 어떻게 기타를 쳤는지, 어떻게 노래를 불렀는지 전혀 기억이 나질 않는다. 클럽 안은 외국인들로 가득 차 있었는데 관객들의 야유가 차갑게 귓속을 파고들어 온몸이 떨렸고, 머릿속에는 창피하다는 생각밖에 없었다.

간신히 오프닝을 마치고 무대를 내려온 나는 형과의 관계를 끝내고, 다음 날 아침 일찍 짐을 싸서 버스터미널로 갔다. 전쟁에서 패한 장수의 기분이 그랬을까. 내 자신이 견딜 수 없을 만큼 부끄러웠다. 참담했다.

나는 일단 표를 끊고 마장동으로 가는 버스를 탔다. 그곳에서 버스를 갈아타고 동두천으로 내려갈 생각이었다.

저녁 늦게 마장동에 도착해 동두천행 버스에 올랐다. 버스 안에는 사람들이 별로 없었다. 빈자리를 찾아 앉는 순간 나도 모르게 눈물이 솟구쳐 올랐다. 나는 이를 악물고 울음을 참으며 마음속으로 외쳤다.

'이제부터 죽어라 연습해서 우리나라 최고의 기타리스트가 되고 말 것이다.'

그 말을 수도 없이 되풀이한 나는 차창에 입김을 불어 손가락으로 다짐하듯 한 자 한 자 글씨를 써나갔다.

최고가 되겠다. 우리나라 최고의 기타리스트가 되겠다.

그러자 서럽고 참담했던 기분이 조금은 수그러들었다.

동두천의 기타 소리 전국을 울리다

동두천에 도착한 나는 비교적 규모가 작은 클럽을 찾아가 오디션을 봤다. 결과는 합격이었다. 송정리를 떠나기로 마음먹은 순간 머릿속에 떠오른 곳이 바로 동두천이었다. 중학교 때까지 살았던 곳이라 낯설지 않고, 아는 사람도 많아서였을 것이다.

그날부터 나는 밴드들이 묵는 숙소에서 생활하며 차창에 썼던 대로 최고의 기타리스트가 되기 위해 노력했다. 누군가가 내게 해준, "큰 사람이 되고 싶거든 큰 나무 밑을 지나다녀라."는 말을 가슴에 새기고 기타 잘 친다고 소문난 분들을 찾아가 잔심부름을 하면서 그분들이 가진 모든 것을 배우려고 했다.

나는 어디를 가든 항상 기타를 들고 다녔다. 기타는 내 몸의 일부분이었다. 나는 거리를 지나다닐 때도, 심지어 버스 안에서도 기타 연습을 했다. 얼마나 연습을 했는지 손가락에서 피가 나올 정도였다.

주위에 있는 친구들이 술과 여자로 유혹했지만 나는 결코 넘어가지 않았다. 연습할 시간도 모자란데 술 마실 시간이 어디 있는가. 또 내가 술은 물론 담배조차 입에 대지 않았던 이유는 몸과 목을 해치지 않기 위해서였다. 당시 록을 하는 사람들 대부분이 손을 댔던 대마초도 호기심은 있었지만 가까이 하지 않았다. 어른들이 하지 말하는 일을, 나라에서 하지 말라는 일을 굳이 할 필요를 못 느꼈기 때문이다.

그렇게 반년쯤 지나자 동두천에서 제법 이름이 알려진 몬타나클럽으로부터 함께 일하자는 제의가 들어왔다. 드디어 실력을 인정받은 것 같아 기뻤다. 외국 사람들이 드나드는 클럽이라 보통 실력으로는 얼굴을 내밀 수 없는 곳이 바로 몬타나클럽이었던 것이다. 미국인들은 클럽에 들어와 음악을 듣고 별로라고 생각되면 아예 발길을 끊어버렸다.

그때 나는 기타에 미쳐 있었던 것 같다. 한번은 몬타나클럽 사장한테 뺨을 세게 얻어맞은 적이 있다. 무대 위에서 솔로로 기타를 연주하다 내 소리에 도취돼 연주를 계속하는 바람에 웨이트리스들이 영업을 하지 못했던 것이다. 그날 내가 연주한 곡이 라틴 록의 대부로 알려진 카를로스 산타나Carlos Santana의 「삼바 파티」였다. 나는 보통 5분 정도면 마칠 수 있는 그 곡을 30분 넘게 끌었다.

그러나 내 기타 연주에 취한 것은 나뿐만이 아니었다. 외국인들은 내 연주에 맞춰 스테이지를 내려가지 않고 계속 춤을 추었고, 웨이트 리스들은 자기 손님이 춤을 추다 술값을 내지 않고 나갈까봐 다른 손님을 받지 못했다. 사장 입장에서는 웨이트리스들이 여러 손님을 상대해야 장사가 되는데 스테이지만 노려보고 있으니 열이 뻗쳤을 것이다.

"너 당장 그만둬!"

사장이 무대 위에서 나를 끌고 내려오며 한 말이다. 본의 아니게 영업 방해를 한 것 같아 사장에게 미안했다.

내가 이처럼 기타에 미쳐 살았던 것은 물론 음악이 좋아서였다. 하지만 당시에는 음악을 대충할 수 없었다는 이유도 있었다. 동두천의 경우 미8군 무대에 서려면 분기별로 미국문화원USIS에서 오디션을 보고 실력을 인정받아야 했다. 미국의 음악 전문가들로 구성된 심사위원들은 참가팀들이 본토 음악을 얼마나 잘하느냐에 따라 스페셜A부터 A클래스, B클래스, C클래스 순으로 등급을 매겼다.

미군부대 안에는 장성들이 가는 클럽, 장교들이 가는 클럽, 사병들이 가는 클럽이 따로 있었는데 등급에 따라 받는 보수도 각각 달랐다. 그러니 블랙사바스Black Sabbath, 딥퍼플Deep Purple 등 외국 그룹의 음악을 피크 소리 하나까지 똑같이 낼 정도로 연습할 수밖에 없었다. 특히 스페셜A는 미국의 음악 전문가들이 연주를 듣고 일어서서 박수를 칠 만큼 뛰어난 실력을 갖추어야만 받을 수 있는 등급이었다.

사실 우리나라 대중음악은 미8군 무대에서부터 시작되었다고 해도 과언이 아니다. 패티김, 신중현, 김추자, 조용필, 사랑과 평화, 윤시내, 옥희 등 1960년대부터 1980년대까지 가요계를 이끌었던 음악인들 대부분이 미8군 출신이었다.

나는 스페셜A를 목표로 한 걸음 한 걸음 쉬지 않고 걸어갔다. 그러다 보니 지방은 물론 서울에서도 나를 보려고 클럽을 찾아오는 친구들이 꽤 있었다. 동두천에 기타를 아주 잘 치는 친구가 있다는 소문이 퍼졌던 것이다.

그들 중에는 들국화의 전인권도 있었다. 더 얘기하면 내 자랑만 늘어놓는 것 같아 전인권이 한 말을 그대로 옮겨 본다.

유현상 씨는 우리나라에서 기타 치는 모든 사람들의 꿈이었다. 작곡도 아주 잘해서 유현상 씨 노래를 경식이 형님도 자주 불렀던 기억이 난다. 그때 먼저 연주하던 유현상 씨는 기타를 품에 꼭 껴안 듯하고 딥 퍼플Deep Purple의 「하이웨이 스타Highway Star」를 불렀었다. 「하이웨이 스타」가 크게 히트하기 전이었다. 초저녁이라 그리 많지는 않았지만 백인들이 '휙휙' 소리와 함께 엄청난 환호를 보냈다. 유현상, 그 유명한 유현상을 난 그렇게 만났던 것이다.

곧이어 지미 핸드릭스James Marshall Hendrix의 「더 윈드 크라이즈 메리 The Wind Cries Mary」를 연주했는데 오우, 현상 씨의 음악들이 나에게 파고들었다. 내 몸이 얼어붙는 줄 알았다. 그때 만일 여러분도 그 노랠 들었다면 나의 마음을 이해했을 것이다. 엄청난 실력이었다. 곳곳에 지미 핸드릭스가 살아 있는 듯 차분하면서도 영혼이 느껴지는 그 곡은 현상 씨를 너무나 멋지게 만들었다. 아니 지미 핸드릭스보다 더 잘하는 것 같았다. (『걱정 말아요 그대』 중에서)

기타를 자르자 치즈를 먹자!

전인권이 다녀간 며칠 후 나는 서울로 올라왔다. 동두천과 미8군을 거쳐 마침내 이태원에 입성한 것이다. 이태원 클럽은 저마다 독특한 색깔이 있었다. 내가 들어간 세븐클럽은 록클럽이었는데, 국내 최고의 기타리스트 김광석은 킹클럽에서 연주를 했었고, 그룹 와일드 빅 파이브의 최우섭 훗날 무당의 기타리스트로 활동은 007클럽에서 연주를 했었다. 그렇게 강호의 맹주들이 자리를 잡고 있는 곳이 바로 이태원이었다. 따라서 최고의 실력을 갖추고, 또 인정받아야만 들어올 수 있었다. 더군다나 미군들만 출입하는 세븐클럽은 록클럽 중에서도 첫손에 꼽혔다.

이태원 입성은 손가락에서 피가 날 정도로 연습하고 또 연습해서 얻은 선물이었다. 하지만 나는 묘하게도 배가 부르지 않았다. 더 높은 곳으로, 최정점으로 올라가고 싶었다.

당시 나는 하루 종일 음악에 빠져 지냈다. 음악 외의 다른 일에는 눈길이 가지 않았고, 신경 쓰고 싶지도 않았다.

그 무렵 어느 날이었다. 일을 마치고 숙소로 돌아와 평소처럼 새벽까지 연습을 하고 기절하듯 쓰러져 잠을 자는데 꿈에 산신령이 나타나 말했다.

"현상아, 넌 기타를 잘라야 한다. 그러면 기타를 더 잘 칠 수 있을 것이다."

내가 가지고 있던 기타는 깁슨SG였다. 아시다시피 땅콩 껍질을 반으로 가른 것처럼 생긴 깁슨SG는 윗부분이 튀어나와 더 올리고 싶어도 올리지 못했다. 나는 그 점이 못내 아쉬웠다. 조금만 더 올릴 수 있다면 더 좋은 소리를 낼 수 있고, 연주를 더 잘할 수 있겠다는 생각이 들었던 것이다.

그러던 차에 산신령이 나타나 기타를 자르라고 말했으니 얼마나 기뻤겠는가. 뭐랄까, 마치 음악신이 산신령의 입을 빌어 내게 전하는 계시처럼 느껴졌다.

나는 잠에서 깨어나자마자 기타를 들고 목공소를 찾아가 톱으로 윗부분을 잘라냈다. 속이 다 후련했다. 내 음악을 방해하는 가장 큰

걸림돌이 사라져버린 것이다. 무대 위에서 절정에 이르는 한순간 하늘 높이 기타를 치켜드는 내 모습이 생생하게 떠올랐다.

그날처럼 시간이 느리게 흐른 적도 없었을 것이다. 내 연주를 듣고 기절할 듯 놀라는 관객들의 표정이 자꾸만 눈앞에 아른거렸다.

아침부터 저녁이 오기만을 기다렸던 나는 어둠이 깔리기 시작할 무렵 최후의 결전을 앞둔 전사처럼 기타를 메고 세븐클럽에 갔다. 내 어깨에 매달려 있는 기타가 마치 화력이 엄청난 무기처럼 느껴졌다.

마침내 시간이 되었다. 밴드 멤버들과 함께 천천히 무대 위로 올라간 나는 관객들을 보며 속으로 외쳤다.

'너희들, 이제 다 죽었어!'

나는 본격적으로 연주를 하기 시작했다. 즐거운 긴장감이 온몸을 감쌌다. 절정의 순간이 점점 더 가까이 다가오고 있었다. 나는 드디어 칼을 뽑아들 때가 되었음을 느끼고 힘껏 기타를 치켜들었다. 그리고 곧바로 정신을 잃어버렸다.

눈을 떠보니 대기실이었다. 얼마나 세게 들어 올렸는지 기타 아랫부분에 턱을 얻어맞아 그 충격으로 기절하고 만 것이었다. 내 기타 연주 때문에 쓰러진 건 관객이 아니라 바로 나였다.

나는 주위를 둘러보았다. 윗부분이 잘린 기타가 시체처럼 내 옆에 누워 있었다. 나는 녀석을 꼭 끌어안았다.

'이 비싼 기타를 자르다니!'

후회막급이었다. 꿈에 나타난 산신령이 원망스러웠다. 아교를 구해 잘린 부분을 붙여봤지만 모양이 엉망이었다. 어쩔 수 없는 일이었다. 새 기타를 사는 수밖에. 내 몸의 일부분이나 마찬가지였던 그 기타를, 이후 다시는 쓰지 못했다.

지금 돌이켜보면 좋은 음악을 하고 싶고, 들려주고 싶은 열정이 빚은 해프닝이라는 생각이 든다. 그랬다. 20대 초반의 그때, 내 안에서 끊임없이 꿈틀거렸던 것은 바로 음악에 대한 열정이었다.

그러나 자료는 드물었고 장비도 턱없이 부족했던 시절이었다. 어쩌다 외국 록밴드의 뮤직비디오를 구하면 음악 하는 동료들과 옹기종기 모여 앉아 밤새 비디오를 봤다. 노래는 더 말할 것도 없었고, 악기를 연주하며 공연하는 모습도 감탄사가 저절로 튀어나올 만큼 근사했다.

"우리도 저렇게 할 수 있을까?"

누군가가 물었다. 나는 할 수 있을 거라고 대답했다. 솔직히 좀 더 열심히 노력한다면 충분히 따라잡을 수 있다는 자신감이 내게는 있었다.

며칠 후 나는 로큰롤 기타의 달인이라 불리는 자니 윈터Johnny Winter 의 앨범을 구해 들었다. 다 듣고 나자 '내가 이 친구와 다른 게 뭐가 있을까?' 하는 의문이 고개를 치켜들었다. 그 친구는 미국인이고, 나는 한국인이지만 내가 그보다 기타를 못 치는 것 같지는 않았다.

나는 앨범 재킷을 꼼꼼히 살펴보았다. 그러다 발견했다. 자니 윈터의 귀가 휑하니 뚫려 있다는 것을. 그는 귀고리를 하고 있었다.

'아하! 이 친구와 내가 다른 점이 바로 이거였구나!'

나는 즉시 약국으로 달려가 마이신을 사고 시장에 들러 대바늘과 실을 구했다. 그리고 숙소로 돌아와 대바늘과 실에 마이신 가루를 뿌린 다음 거울 앞에 서서 스스로 귀를 뚫었다. 정신이 번쩍 들 정도로 아팠지만 이제 자니 윈터나 나나 별다를 게 없다는 생각에 흐뭇한 웃음이 푸들푸들 새어나왔다.

비디오로 본 외국 밴드의 모습을 마음속에 그림을 그려가며 연습하면서 느꼈던 점도 있다. 외국인들과 우리는 걸음걸이부터 다르다는 것이었다. 식습관도, 언어도, 풍습도 다 달랐다. 그러자 문득 저 친구들이 먹는 음식을 먹고, 저 친구들이 하는 말을 하면 어떨까, 하는 생각이 들었다.

그래. 당분간 김치를 먹지 말자. 한국말도 하지 말자. 친구도 외국인들만 사귀자. 저들을 이기려면 먼저 저들의 풍습과 생활 습관부터 알아야 하지 않겠는가.

그때부터 나는 김치를 입에 대지 않았다. 대신 우유와 치즈를 먹었고, 될 수 있는 대로 우리말을 쓰지 않았다. 내 나름대로 이태원에서 마치 미국에 유학을 온 것처럼 생활한 것이다. 또 클럽을 드나드는 외국인들에게 내 이름이 '루이Rui' 니까 그렇게 불러달라고 요구했다.

당시 이태원 미8군 안에 학교가 있었는데, 그 학교 학생들이 가끔 클럽에 놀러왔었다. 한번은 그들이 나에게 자신들이 순위를 매긴 기타리스트 목록을 보여주었다. 그 목록을 보니 'Rui'라는 내 이름이 상위권에 올라 있었다.

남산 데이트가 키운
최고의 뮤지션 유현상과 윤수일

누군가가 내게 당신에겐 진정한 친구가 있느냐고 물어보면 나는 서슴없이 그렇다고 대답할 것이다. 인생을 살아가면서 평생 함께할 친구를 만난다는 것은 참으로 행운이다. 이태원 세븐클럽에서 일할 때 나에게도 그런 행운이 찾아왔다. 윤수일. 내 친구의 이름이다.

클럽 공연이 끝나면 보통 새벽 1시쯤 된다. 동료들은 쌓인 피로와 스트레스를 풀기 위해 술을 마시거나 여자들과 어울려 놀았지만 그 시간에 나는 기타를 둘러메고 하얏트호텔 쪽으로 해서 남산으로 올라갔다. 기타 연습을 하기 위해서였다.

아무도 없는 새벽. 나만의 연습실인 정자에 앉아 기타를 치다가 문득 서울 시내를 내려다보면 내가 발을 디딜 곳이 없다는 차가운 느낌이 서늘하게 밀려왔다. 세상이 꽉 차 있는 것처럼 보였다. 저곳에서 살아가려면 어떻게 해야 하나. 두렵다는 생각도 들었다.

내가 죽어라 기타 연습을 했던 것은 어쩌면 세상에 대한 두려움을 잊기 위해서였는지도 모른다. 하지만 나는 나와 비슷한 생각을 하는 친구가 있으리라는 생각은 전혀 하지 못했다.

지금도 눈에 선하다. 수일이를 만난 날은 축복처럼 하얀 눈이 펑펑 쏟아져내렸다.

그날, 새벽 2시쯤 남산에 올라간 나는 바람에 휩쓸려 나비 떼처럼 어지럽게 날아다니는 눈송이들을 바라보며 기타를 쳤다. 세상에는 눈송이들과 나밖에 없는 것 같았다. 쉴 새 없이 쏟아지는 눈이 마치 관객처럼 느껴졌다.

얼마나 시간이 흘렀을까. 추위도 느껴지고, 이제 그만 내려가야겠다고 생각했다. 나는 일어서서 기타를 둘러메고 천천히 걸어내려 왔다. 순간 나는 깜짝 놀라고 말았다. 나처럼 기타를 메고 큰소리로 노래를 부르며 올라오는 친구가 있었던 것이다.

상대도 멈칫 하더니 뚫어지게 나를 쳐다보았다. 얼핏 보기에도 내 공이 대단한 친구임을 알 수 있었다. 마치 몸속 깊숙이 칼을 숨긴 무림의 절대 고수와 마주 선 기분이었다. 우리는 한동안 그렇게 말없이 서로를 쳐다보다가 불쑥 상대를 끌어안았다.

나는 수일이를 만나기 전까지는 내가 대한민국에서 제일 연습을 많이 한다고 생각했었다. 수일이도 나와 같은 생각을 했던 것 같다. 그래야 정상에 설 수 있으니까.

우리는 나만의 연습실인 줄 알았던 정자에 앉아 음악 얘기부터 시작해 앞으로 어떻게 할 것인지, 미래에 대한 계획까지 주고받았다. 나나 수일이나 서로 얼굴과 이름은 알고 있었지만 동갑내기라는 것은 그때 처음 알았다.

큰 꿈을 품고, 그 꿈을 이루기 위해 열심히 달려가던 연습벌레 수일이는 나를 보고 겸손을 배웠다고 말했다. 자신보다 연습을 더 많이 하는 친구가 있을 줄은 몰랐다는 것이다. 나 역시 마찬가지였다.

그날 이후 우리는 거의 매일 남산에서 만났다. 나처럼 대한민국 최고의 밴드를 만들고 싶어 했던 수일이는 끝내 그 꿈을 이루었다. 1977년「사랑만은 않겠어요」란 노래로 데뷔한 수일이는 그 해 최고인기가요상과 신인가수상을 동시에 차지했다.

나는 텔레비전 앞에서 수일이가 상을 받는 모습을 지켜보았다. 마음이 흐뭇했다. 한편으로는 내가 상을 받은 것처럼 떨렸고, 기뻤다. 언젠간 나도 수일이처럼 될 테니까.

그로부터 30여 년의 세월을 건너뛰어 얼마 전의 일이다. 라디오 방송을 하는데 수일이가 나에게 음성 편지를 보내왔다.

“현상아, 이제는 나이가 있으니까 나이답게 음악을 해.”

친구의 목소리에는 걱정이 담겨 있었다. 20대 때의 수일이는 음악을 하겠다는 의지가 아주 강했었다. 그런 만큼 공부도, 연습도 열심히 했다. 그러나 수일이와 나는 하고자 하는 음악이 서로 달랐다. 그래서 걱정이 된 듯했다.

나는 친구에게 말해 주었다.

“수일아, 걱정하지 마. 그동안 준비 많이 했거든. 난 이런 세월이 올 줄 알고, 누가 이렇게 얘기할 줄 알고 미리 다 준비했어. 친구야, 걱정해 줘서 고맙다!”

두들겨 맞고 짓밟혀도
음악을 위해서라면

이태원에서 최고의 기타리스트로 이름을 날렸던 나는 예정된 수순을 밟듯 명동에 있는 오비스케빈으로 갔다. 고등학교 때 서울시민회관에서 처음 봤던 라스트찬스라는 팀에서 나를 부른 것이다.

생각해 보면 참 재미있는 인연이었다. 그 무렵 라스트찬스 리더였던 김태화 선배가 미국으로 건너가게 되어 싱어를 찾다가 내가 이태원에서 공연하는 모습을 보고 손을 내민 것이었다. 라스트찬스 같은 팀에 들어가고 싶었고, 또 만들고 싶어 했던 나였다. 거절할 이유가 전혀 없었다. 더군다나 음악의 전당 오비스케빈 아닌가.

오비스케빈코스모스 살롱이라고도 했다은 '젊은이들의 메카'로 명성이 높았던 곳이다. 1층은 경양식집이었는데 2층과 3층은 포크 음악과 록 음악을 하는 공연장이었다. 당시 서유석, 송창식, 김세환, 양희은 등

통기타 가수는 2층에서, 히식스, 키보이스, 라스트찬스 등 그룹사운드는 3층에서 라이브 공연을 했다. 다시 말해 당대 최고의 가수가 아니면 설 수 없는 곳, 노래 부르는 사람들에게는 꿈의 무대가 바로 오비스캐빈이었다.

그러나 꿈의 무대에 섰다는 설렘과 기쁨은 오래가지 못했다. 이상한 일이었다. 어느 순간부터 무대에 오르는 것이 예전처럼 즐겁지 않았다. 외국인들이 우리의 연주를 듣고 환호하는 소리를 들어도 별다른 느낌이 없었다. 무엇 때문일까. 정확한 이유를 알 수 없었다.

그러던 어느 날, 무대 위에서 노래를 부르던 나는 문득 깨달았다. 외국 그룹의 음악을 따라하는 나는 뮤지션이 아니라 한낱 원숭이에 불과하다는 것을. 그 생각을 하자 나도 모르게 슬픔이 북받쳐 올랐다. 왜 나는 원숭이처럼 남의 음악을 흉내만 내고 있는 것일까? 왜 내 것을 가지고 있지 못할까?

물론 롤링스톤스The Rolling Stones나 에어로스미스Aerosmith, 블랙사바스Black Sabbath, 딥 퍼플 등의 음악에 영향을 받은 것은 사실이었다. 특히 내가 제일 좋아했던 뮤지션은 지미 핸드릭스였다.

하지만 아니었다. 언제까지 그들의 음악을 카피만 하고 있을 수는 없었다. 그들의 실력이 나보다 월등히 좋은 것도 아니었다. 오히려 기타만큼은 그들보다 더 잘 칠 수 있었다. 아니, 더 잘 쳤다.

왜 하필 나는 한국이라는 작은 나라에서 태어난 것일까? 미국이나 영국에서 태어났다면 지금쯤 세계적인 뮤지션이 됐을지도 모르는 일 아닌가?

나는 답답한 마음에 혼자 푸념을 늘어놓기도 했다. 그러다 원숭이가 아닌 유현상으로 세상 앞에 서려면 스스로 곡을 만들어서 우리의 노래를 불러야 한다는 생각을 했다. 그때 처음 작사 작곡한 노래가 바로 「구름아」다. '저기 떠 있는 나의 구름아'로 시작되는 그 곡을 라스트찬스 멤버들도 좋아해 오비스케빈에서 자주 불렀었다.

하지만 아쉽게도 '구름아' 악보는 어디론가 사라지고 없다. 그래서 오히려 더 아름다운 추억으로 기억되는지도 모르겠다. 지금 악보가 남아 있어서 연주를 한다면 크게 실망할지도 모를 일이다. 아무래도 거칠고 촌스러울 테니까. 그것은 마치 나이 들어서 어렸을 때의 첫사랑을 다시 만나는 것과 같은 일이다. 예전의 청순하고 예뻤던 모습을 그대로 간직하고 있는 사람이 몇이나 되겠는가.

그즈음 나에게 커다란 변화가 일어났다. 대마초 소용돌이에 휘말려 라스트찬스가 해체되고 만 것이다. 대마초를 하지 않은 나도 경찰서에 끌려 들어가 모멸감이 느껴질 정도로 흠씬 두들겨 맞았다. 하지만 하지 않은 짓을 했다고 말할 수는 없는 노릇이었다.

멤버들 몇몇은 구속되었고, 대마초를 하지 않은 나와 몇몇은 풀려났다. 나는 경찰서를 나오자마자 그룹 사계절의 리더 신병하 선배를 찾아갔다. 뛰어난 작곡가인 신 선배에게 음악을 배우고 싶어서였다. 5

년 전에 세상을 떠난 신 선배는 이화여대·서울대 교수 등을 지낸 화
성악의 대가 이교숙 선생님 밑에서 음악 이론을 공부한 훌륭한 분이
다. 다행히 신 선배는 선뜻 나를 팀의 기타리스트로 받아주었고, 나는
명동 사보이호텔 옆 제과점에서 일주일에 두 번 따로 신 선배를 만나
화성악과 대위법, 작곡법 등을 배웠다.

사계절의 보컬이었던 윤시내 선배도 나를 따뜻하게 대해 주었다.
팀의 막내였던 내가 연습실에서 내 연주를 따라오지 못하는 선배들에
게 "왜 좀 더 노력하지 않느냐?"고 대들다 맞아죽을 뻔했을 때 막아
준 사람도 윤 선배였다.

"현상이 말 틀린 것 없잖아? 동생이 옳은 소리 하는데 형들이 왜
그래? 더 열심히 연습해서 존경받는 선배가 돼야지. 오죽하면 현상이
가 그런 얘길 하겠어?"

윤 선배가 워낙 당차게 나오자 죽일 듯이 나를 둘러싼 선배들이 슬
그머니 자기 자리로 돌아갔다. 나에겐 참으로 고마운 선배였다.

미8군에서 스페셜A를 받았던 윤 선배는 특히 재니스 조플린Janis Lyn
Joplin의 노래를 그녀 못지않게 잘 불렀다. 재니스 조플린은 수십만 명
의 히피들이 만들어낸 1969년 우드스톡록페스티발에서 '여신' 으로
불렸던 미국의 전설적인 여자 록 싱어였다.

하지만 나는 무대 위에서 노래를 부르는 윤 선배를 볼 때마다 조금
은 안쓰러웠고 안타까웠다. 조플린만큼이나, 아니 그녀보다 더 노래

를 잘하는 윤 선배가 조플린의 노래를 카피하고 있는 현실이 마음에 들지 않았다. 마치 내 자신을 보는 것 같아 싫었다. 우리나라 사람들이 외국 음악을 인정하고 좋아하는 것처럼, 우리가 우리의 음악을 잘 만들면 외국인들도 우리를 인정하고 좋아해 줄 것 아닌가?

신병하 선배는 훌륭한 스승이었지만 음악 공부에 허기가 진 나를 완벽하게 만족시키지는 못했다. 내 목표는, 내 바람은 내가 만든 음악을 외국 그룹들이 카피하게 만들어 전 세계 사람들이 다 듣게 하겠다는 것이었다. 나는 부족하다고 느껴지는 부분을 채우고 싶어 음악 이론가이자 학자인 이정범 선생님을 찾아가 오케스트레이션^{편곡}을 배웠다.

20대 초반의 나이였다. 공연이 끝나면 찾아오는 여자들이 많았고, 함께 놀자며 잡아끄는 친구들도 많았다. 나도 남자였다. 그것도 피가 끓는 젊은 남자였다. 예쁜 여자를 보면 솔직히 사귀고 싶다는 마음이 치솟았다. 친구들과 어울려 신나게 놀아보고도 싶었다.

그러나 나는 내가 정한 선, 내 자신과 약속한 선을 넘지 않았다. 공부하고 연습할 시간도 모자랐다. 당시 이정범 선생님이 창동에 사셔서 일주일에 서너 번 이태원에서 창동까지 왔다 갔다 했다. 지금처럼 대중교통이 많지 않을 때라 추운 겨울이나 더운 여름에는 꽤나 힘들었던 기억이 난다.

　그래도 꾹 참고 2년 가까이 이정범 선생님을 찾아갔던 그때의 나에게 고맙다는 인사를 하고 싶다. 덕분에 작곡과 편곡을 제대로 할 수 있는 능력이 생겼으니까. 더 이상 원숭이처럼 남의 음악을 흉내만 내지 않아도 됐으니까.

기타는 내게 마약 노래는 내게 열정

지금은 세상에 없는 신병하 선배는 나에겐 음악 스승일 뿐만 아니라 인생 선배이기도 했다. 요즘 말로 하면 '멘토'였다. 윤시내 선배도 친누나처럼 나를 잘 돌봐주었다. 두 분이 없었다면 나는 아마도 금방 사계절에서 나왔을 것이다.

나는 신병하 선배의 소개로 녹음실에서 기타 세션맨으로 일을 하게 되었는데 당시 양희은, 이수만 같은 분들의 기타 세션을 하면서 돈을 벌었다. 그러다 문득 여긴 내가 있을 곳이 아니라는 자각이 들었다. 날개를 펴보지도 못하고 녹음실에 발목을 잡혀 옴짝달싹 못하는 내가 불쌍하게 느껴졌다.

나는 결단을 내리고 이태원에서 알게 된 이건태를 만났다. 1979년

조용필과 위대한 탄생의 멤버가 된 이건태는 대한민국 최고의 드럼 주자였다. 건태는 "이제 정말 음악다운 음악을 해보자."는 내 말을 기다렸다는 듯이 받아들였다. 나중에 합류한 베이스의 김창식, 세컨기타의 양남기, 보컬의 지해룡도 이태원에서 만난 친구들이었다.

뜻을 모은 우리는 팀을 꾸려 다시 이태원 세븐클럽으로 갔다. 우리나라 고유의 타악기인 오고북를 치면서 노래를 불렀던 지해룡은 이후 무당의 보컬로도 활동했었는데, 안타깝게도 교통사고를 당해 가족들과 함께 세상을 떠났다.

이때도 물론 밴드의 이름은 없었다. 무엇 때문에 이름을 짓지 않았는지 그 이유는 잘 기억나지 않지만 지해룡이 무당에 들어가면서 팀은 자연스럽게 해체되었다.

그 후 나는 색소폰 연주가인 손학래 선배가 이끄는 최고의 인기 그룹 검은 나비에 메인 싱어로 들어갔다.

나는 검은 나비에서는 기타는 치지 않고 노래만 불렀다. 이태원에서 활동할 때 기타에 너무 빠져 거의 미칠 뻔했었기 때문이었다. 지금 돌이켜보면 기타를 치지 않았던 것이 참 다행이라는 생각이 든다. 기타는 나에게 마치 마약과도 같은 것이어서 계속 기타를 쳤었다면 정신병자나 폐인이 됐을지도 몰랐다.

기타를 놓으면서 얻은 또 하나의 성과는 내가 제법 노래를 잘 부른다는 사실을 알게 되었다는 것이다. 그동안은 줄곧 록과 블루스 음악만 해왔었는데 검은 나비의 메인 싱어가 되면서 소울과 펑키, 발라드, 심지어 성인 가요까지 불렀다. 그것도 아주 잘 불렀다. 실제로 사람들도 내 노래를 좋아해 주었고, 1981년에는 대한음반제작소에서 먼저 제의를 해 첫 솔로 앨범 「그것이 사랑인 줄은」을 발표했다. 앨범 수록곡은 모두 내가 작사 작곡한 노래들이었다.

이처럼 다양한 장르의 음악을 할 수 있다는 것이 즐거웠고 기뻤지만, 유혹은 예전보다 더 많아졌다. 검은 나비의 주 무대가 물 좋기로 소문난 타워호텔 나이트클럽이었던 것이다. 일을 마치면 늘씬하고 귀티 나는 여자들이 몰려들었고, 술은 원하는 대로 마음껏 마실 수 있었다. 하지만 술도 못 마시고 담배도 못 피는 나는 멤버들과 어울리지 못했다. 어울리고 싶지도 않았다.

나는 노래를 끝내면 클럽을 빠져나와 타워호텔 주차장을 뛰어다녔다. 나를 유혹하는 모든 것들을 잊기 위해 뛰고 또 뛰었다. 그러면서 이정범 선생님에게 배운 것들을 하나하나 머릿속에 떠올리며 되새김질했다.

사랑과 평화의 기타리스트였던 최이철 선배의 부탁으로 검은 나비를 나와 사랑과 평화에서 활동할 때는 다시 기타를 잡았지만 마약 같다는 생각은 들지 않았다. 기타 치는 것보다 노래 부르는 일이 더 재미있었던 것이다. 검은 나비 못지않게 인기가 많았던 사랑과 평화도 주로 최고급 호텔 나이트클럽에서 공연을 했는데, 역시 록부터 성인가요까지 다양한 장르의 음악을 했다.

얼마 전 이남이 선배가 돌아가셨을 때 장례식장에서 최이철 선배를 만났다. 나를 보니 문득 옛날 생각이 나서였을까. 선배는 나를 붙잡고 이렇게 말했다.

"현상아. 나는 네가 가요 부를 때의 모습을 잊지 못한다. 나는 네가 대한민국에서 제일 노래를 잘 부르는 가수라고 생각해."

제2장

일본 잡지 「번」은 '아시아의 수준을 넘어섰다.'며 백두산 2집에 최고점을 주었다. 일본뿐만이 아니었다. 영국의 록 주간지 「케랑」도 '백두산이 정말 한국인들로 구성된 그룹이 맞느냐?'며 우리에게 스콜피언스와 대등한 점수를 주었다.

눈물과 한숨으로 희망을 작사하다

검은 나비와 사랑과 평화의 메인 싱어로 다양한 음악을 하면서 노래에 재능이 있다는 것은 알았지만 나는 생리적으로 나이트클럽과는 맞지 않았다. 마치 고인 물처럼 내 자신이 썩어 들어가고 있다는 느낌을 지울 수 없었다. 20대의 마지막을 이렇게 보낼 수는 없었다. 떠나야 했다. 내 세계를 찾아야 했다.

나는 조금씩 돈을 모으기 시작했고, 경기도 근처에 몇 달 묵을 만한 곳이 있는지 찾아보았다. 한적한 곳에 틀어박혀 신병하 선배와 이정범 선생님에게 배운 것들을 총정리하고 곡도 쓸 생각이었다.

그때 마침 일이 있어 의정부에 갔다가 나오는 길을 퇴계원을 둘러보았는데 산 중턱에 마음에 드는 집이 있었다. 집 앞에는 냇물이 흘렀고, 산속으로 들어가면 조그만 폭포도 있었다. 집주인에게 물어보니 월세가 5만 원이라고 했다.

나는 팀 멤버들에게 사정을 이야기하고 여름이 시작될 무렵 짐을 꾸려 퇴계원으로 들어갔다. 모기장과 이불, 악보와 볼펜, 라면 한 박스, 그리고 기타가 내 짐의 전부였다.

집주인에게 월세를 선불로 준 나는 방에 짐을 풀어놓고 한참을 우두커니 서 있었다. 무엇부터 해야 좋을지 판단이 서질 않았던 것이다. 어느덧 저녁이 되어 서서히 어둠이 내리기 시작하고 시끄러운 음악 소리 대신 풀벌레 소리가 들려오자 이제 나는 완벽하게 혼자라는 생각이 들었다.

다음 날 나는 어항 하나를 사서 방에 놓았다. 살아 있는 물고기라도 보면 조금 덜 쓸쓸할 것 같아서였다. 나는 마음을 추스르고 그동안 배운 것들을 복습하며 본격적인 곡 작업에 들어갔다. 외로움이 고개를 들 때마다 물고기와 대화를 나누면서.

곡 작업은 생각처럼 쉽게 이루어지지 않았다. 곡을 써 내려가다 절벽을 만난 것처럼 답답해지면 산속을 뛰어다녔고, 차가운 물줄기가 쏟아져내리는 폭포 속에 들어가 고래고래 고함을 지르기도 했다. 때로는 집주인에게 그물을 빌려 냇가에서 물고기를 잡기도 했다. 큰 놈이 잡히면 놓아주었고, 작은놈이 잡히면 방에 있는 어항에 넣고 길렀다.

시간이 어디서 어디로 흐르는지 알 수 없었다. 어느 순간에는 더디게 흘렀고, 어느 순간에는 어이없을 정도로 빠르게 흘러갔다. 마치 전염병 환자처럼 세상으로부터 격리되어 있는 듯한 느낌이 들 때도 있었다. 문득 다시 세상 속으로 들어갈 수 없을지도 모른다는 생각에 두려워질 때도 있었다.

친구들의 얼굴이 떠올랐다. 보고 싶었다. 나에게 잘해 준 선배들도 보고 싶었다. 지금 여기 있는 것이 잘한 선택일까? 내가 쓴 곡들이 과연 사람들에게 인정받을 수 있을까? 나는 왜 이렇게 바보 같을까? 왜 남들처럼 즐기지 못하는 것일까?

밤새 잠을 이루지 못하고 뒤척이다 일어선 새벽, 나는 산에 올라가 서서히 해가 떠오르는 모습을 지켜보았다. 어둠을 먹으며 떠오르는 붉은 해가 나에게 무슨 말을 하는 것 같았다. 알 수 없는 기운이 해처럼 가슴 깊은 곳에서 솟아 올라왔다.

그래. 남들처럼 즐기진 못하지만 나에겐 그들과 다른 '무엇'이 있을 것이다. 그 '무엇'을 찾아야 한다. 여기서 멈출 순 없다.

그날 산에서 내려와 쓴 노래가 바로 「어느 날 방황과 인생」이다.

오늘도 텅 빈 하루 보내고 나서
고개 숙여 시선을 발끝에 모아
눈물을 글썽이네, 한숨을 짓네
뜻 없는 방황을 생각하네, 오늘도

수많은 길목에서 자취도 없이

잃어버린 소중한 그 나날들

이제는 다시 못 필 꽃이련가

생각하면 쓸쓸하고 허전한 마음뿐이네

하지만 여기서 이대로 멈출 순 없어

누구나 한번쯤 이 길을 걸었을 거야

그리고 인생을 배우며 느꼈을 거야

그리고 태양을 향해서 뛰었을 거야

나 이제 뜻 없는 그 작은 미소는 짓지 않으리

그때의 내 마음이 고스란히 담겨 있는 곡이다. 의외인 것은 이 곡을 기억하는 팬들이 제법 많다는 것이다. 요즘도 공연을 할 때면 가끔 「어느 날 방황과 인생」을 불러달라는 요청이 들어오곤 한다. 노래 제목까지 분명히 기억하고 있는 팬들이 고마울 따름이다.

꿈과 꿈이 만나면 전설이 만들어진다

나는 퇴계원 작은 집에서 1년을 보냈다. 1년. 결코 짧지 않은 시간이었다. 사실 나는 책을 많이 읽지 못했다. 음악에 빠져 학교 공부도 거의 하지 않았다. 그 때문인지 내가 직접 보고 경험하지 않은 내용은 쓰지 못했다. 노랫말을 예쁘게 쓰고, 꾸미는 일도 잘하지 못했다.

다만 마음만큼은 누구보다 순수했던 것 같다. 내게 무엇이 부족한지 잘 알고 있었던 나는 사람들의 감정을, 아픔과 슬픔을 느끼려고 많이 노력했다. 그래서 나온 곡이 1988년에 이지연이 부른 「그 이유가 내겐 아픔이었네」, 「그때는 어렸나 봐요」 등이다. 그 외에도 수많은 곡들이 퇴계원에서 지내는 1년 동안 내 손끝에서 탄생했다.

쌓아놓은 자산이 많다고 느껴서일까? 나는 퇴계원을 나올 때 초절정 무공을 익힌 무림의 고수처럼 자신만만했다. 갈 곳도 이미 정해 놓았다. 서라벌레코드사 홍원표 사장. 그는 젊고, 의욕이 넘치고, 추진력이 강한 사람이었다. 나와는 코드가 잘 맞을 것 같았다.

"오랜만입니다, 현상 씨. 그동안 어떻게 지냈어요?"

홍 사장은 회사로 찾아온 나를 반갑게 맞이했다. 나는 그와 함께 소파에 앉아 1년 가까이 퇴계원에 머물며 음악 공부를 하고 곡을 만들었다는 이야기를 들려주었다.

"그랬군요. 반갑습니다. 잘 찾아오셨어요. 앞으로 잘해 봅시다."

내 말을 들은 홍 사장은 벌떡 일어서서 악수를 청했다. 그의 손은 따뜻했다.

그때부터 나는 서라벌레코드사 편집실에서 새로운 곡들을 쓰고, 그동안 써놓았던 곡들을 편곡하기 시작했다. 홍 사장은 내가 직접 쓰고 편곡한 곡들을 듣더니 놀랍다는 표정을 지었다. 느낌이 새롭고, 신선하다고 했다. 그 후 홍 사장은 소속 가수들이 부를 노래가 있으면 내게 편곡을 맡기곤 했다.

서라벌레코드사에서 일한 지 한 달쯤 지났을 것이다. 편집실에 들른 홍 사장이 심각한 얼굴로 나에게 물었다.

"현상 씨. 지금 생활에 만족하세요?"

나는 무슨 뜻인지 몰라 멍하니 그를 쳐다보았다.

"현상 씨 같은 분이 다른 가수 뒤치다꺼리나 하고 있으면 안 되는 거 아닙니까?"

홍 사장은 내 마음을 훤히 들여다보고 있는 것 같았다. 우리나라를 대표하는 그룹을 만들어 세계로 진출하는 것이 내 꿈이었다.

나는 말 돌리지 않고 솔직하게 털어놓았다.

"저도 기회만 주어진다면 다시 음악을 하고 싶습니다. 잘 아시겠지만 그동안 그룹에서도 일해 봤고, 가요도 불러봤습니다. 안 해본 장르가 없습니다. 이제는 세계로 진출할 수 있는 음악을 하고 싶습니다."

"그게 뭡니까?"

"바로 록입니다."

"좋습니다. 그럼 나하고 이태원에 갑시다."

홍 사장은 마치 내 대답을 기다리고 있었다는 듯 말했다. 그 역시 나와 같은 꿈을 꾸고 있다는 것을 알 수 있었다.

"이태원이요?"

"마땅한 사람이 있나 찾아봅시다."

"알겠습니다."

성격 참 급하다고 생각하면서도 나는 군말 없이 일어서서 홍 사장의 차를 타고 이태원으로 갔다.

홍 사장이 나를 데려간 곳은 신중현 선배가 운영하는 클럽 '라이브'였다. 문을 열고 들어가자 키가 크고 비쩍 마른 친구가 기타를 연주하고 있었다. 순간 나는 내 귀를 의심했다.

‘저 친구 외국인인가?’

눈을 크게 뜨고 무대를 쳐다보았다. 온몸에 소름이 돋을 만큼 놀라운 소리였다. 나는 귀신에 홀린 사람처럼 콜라 한 잔을 들고 무대 위로 올라가 노래를 불렀다.

“마셔. 마셔.”

내가 노래를 끝내고 콜라를 건네자 비쩍 마른 친구가 피식 웃었다. 그 친구가 바로 백두산의 기타리스트, 김도균이다.

기타 실력만큼은 누구에게도 뒤지지 않는다고 자부했던 나였다. 소리만 들어도 기타 치는 친구의 성격이 어떤지, 무슨 생각을 하고 있는지 알 정도였다. 도균이는 그런 내가 인정한 사람이었다. 그가 내는 기타 소리는 어느 나라 뮤지션이 와서 보더라도 인정하고 박수를 칠 만큼 훌륭했다. 블루스 음악을 바탕으로 하고 있는 도균이는 기본이 아주 탄탄했고, 곡을 해석하는 능력이 굉장히 뛰어났다.

나는 테이블로 돌아와 홍 사장에게 우리의 꿈을 실현하려면 도균이 같은 친구가 있어야 된다고 말하고 연주를 마친 도균이를 불렀다. 도균이는 내가 누군지 알고 있는 듯했다. 나는 도균이에게 홍 사장을 소개하고 우리가 부른 이유를 설명했다. 세계를 떠들썩하게 만들 그룹을 만들자는 내 말에 도균이는 어린애처럼 기쁜 표정을 지었다.

홍원표 사장은 나와 도균이에게 다른 일에 신경 쓰지 않고 음악만

할 수 있도록 지원을 아끼지 않겠다고 약속했다. 이제 거칠 것이 없었다.

나는 도균이와 함께 라스트찬스에서 드럼을 쳤던 한춘근을 찾아갔다. 춘근이는 내가 열아홉 살 때 동두천 미8군에서 만난 친구였는데, 힘이 넘치는 비트가 일품이었다. 내 설명을 다 들은 춘근이는 흔쾌히 좋다고 말했다. 이태원 클럽에서 나와 같이 일했던 베이스의 김창식도 마찬가지였다.

우리들이 서라벌레코드사에 모여 처음 한 일은 그룹 이름을 정한 것이었다. 물론 홍 사장도 그 자리에 있었다. 멤버들이 타이거즈, 호랑이 등등을 입에 올리다 거의 동시에 말한 이름이 바로 백두산이었다. 대한민국 헤비메탈의 전설이 탄생하는 순간이었다.

백두산. 대한민국을 대표하는 산, 대한민국을 상징하는 산이었다. 그것만큼 좋은 이름은 없다고 생각했는지 홍 사장도 고개를 끄덕거렸다.

꿈이 같은 사람들이 모인 것이다. 서로의 꿈과 꿈이 만나면 역사가 이루어진다. 백두산의 역사는 그렇게 해서 만들어지기 시작했다.

세계가 놀란 한국의 Big Band, 백두산

나는 백두산이 결성되자마자 1집에 넣을 곡 작업에 들어갔다. 그동안 쌓아놓은 재산이 많아 작업은 순조롭게 진행되었다. 홍 사장도 약속대로 우리에게 레코팅 스튜디오를 연습실로 제공했다. 파격적인 대우였다. 훗날 도균이가 한 잡지사와의 인터뷰에서 "아틀란틱레코드 사에서 레드 제플린Led Zeppelin을 지원한 것처럼 밀어주었다."고 말할 정도였다. 우리는 레코딩 스튜디오에서 내가 만든 곡으로 하루 종일 연습을 하고, 녹음도 하며 때를 기다렸다.

마침내 1986년 6월, 백두산 1집 「Too Fast! Too Loud! Too Heavy!」가 세상에 나왔다. 사람들의 반응은 폭발적이었다. '한국 음악계에 활기를 불어넣어 줄 강력한 헤비메탈 그룹이 등장했다.' 는 평이 주요

일간지를 장식했다.

우리는 문화체육관 같은 대형 무대에서 공연을 하며 텔레비전에도 출연하기 시작했다. 한국 대중음악사상 텔레비전에 아이돌 가수와 록 그룹이 함께 출연했던 거의 유일한 시기였다.

백두산 1집은 10만 장이 넘게 팔려나갔다. 특히 「어둠 속에서」와 「말할걸」이 대중들에게 사랑을 받았다. 연습실은 매일같이 찾아오는 여학생들도 북적거렸고, 팬클럽도 생겼다. 그야말로 인기 그룹이 된 것이다.

백두산은 그해 「어둠 속에서」로 KBS가요대상 그룹 부문 후보에 올라 80년대 최고의 인기 가수였던 조용필 선배와 같은 무대에 섰다. 대기실에서 만난 조용필 선배는 우리에게 힘들지 않느냐고 물으며 앞으로도 좋은 음악 많이 들려달라고 격려해 주었다.

그때 방송에 나갔던 모습을 보면 나도 모르게 얼굴이 빨개진다. 한마디로 너무 촌스러웠다. 어떻게 망토를 입고 나갈 생각을 했었는지 모를 일이다.

일본의 헤비메탈 전문잡지 「번Burrn」은 백두산이 KBS가요대상 그룹 부문 후보에 오르자 '한국에 초강력 헤비메탈 그룹이 등장했다.'는 기사를 실었다. 그 덕분인지 일본의 뮤직차트에서 백두산의 노래를 소개하기도 했고, 후쿠오카록페스티벌에 초청을 받아 일본인들 앞에서 공연을 하기도 했다.

하지만 솔직히 백두산 1집은 완벽하진 않았다. 그때까지만 해도 나는 내 성향을 잘 몰랐다. 의욕이 넘쳐서, 실력 있는 친구들과 함께 음악을 한다는 것이 더 없이 기쁘고 행복해서, 꿈이 달아나 버릴까봐 빨리 음반을 내야겠다는 생각밖에 없었다. 그리고 대중을 의식해 정통 메탈이 아닌, 가요를 섞은 노래를 했었던 것도 사실이다.

1집으로 대중의 인기를 얻었지만 아쉬운 점이 많았던 우리는 2집에 모든 것을 쏟아 부었다. 보다 많은 사람들과 소통할 수 있는 앨범, 세계적으로 인정받을 수 있는 앨범을 만들고 싶었던 것이다.

나는 '운명의 음'이란 것이 있다고 생각한다. 동네 읍에서만 공감할 수 있는 음이 있고, 면에서만 공감할 수 있는 음이 있고, 군에서만 공감할 수 있는 음이 있다. 우리나라 전체가 공감할 수 있는 음이 있고, 더 나아가 아시아가 공감할 수 있는 음이 있고, 전 세계가 공감할 수 있는 음이 있다.

나는 모든 사람들이 소통할 수 있는 음, 언어 같은 음을 찾기 위해 노력했다. 예를 들면 그것은 비틀스나 아바의 음악이라고 할 수 있다. 그들은 우주에 떠다니는 음을 하나하나 모아서, 또 이 세상에 필요한 음들이 무엇인지 느끼고 깨달아 악보에 담는다.

우리도 이제 그들처럼 언어와 생활, 풍습의 장벽을 뛰어넘어 음만 가지고도, 소리만 가지고도 공감할 수 있는 음악을 해야 한다고 생각했다. 그 생각은 지금도 변함이 없다.

도균이와 춘근이, 창식이 모두 나와 같은 생각을 하고 있었다. 그들은 모험을 두려워하지 않는 진정한 록 뮤지션이었다. 네 명이 한 마음으로 되어야 비로소 빛을 발할 수 있는 것이 바로 록이었다.

목표를 정한 우리는 일단 배를 띄우고 먼 바다를 향해 나아갔다. 도중에 배가 뒤집히고 침몰할 수도 있다는 것을 알고 있었지만 두려워하지 않았다. 세상에 저절로 이루어지는 일이란 없었다.

1987년 8월에 발표한 두 번째 앨범 「King of Rock'n Roll」은 그렇게 만들어진 것이다. 우리는 과감하게 도전했고, 치열하게 노력했다. 그 결과 만족할 만한 앨범을 세상에 내놓을 수 있었다.

대중의 반응은 1집보다 좋지 않았지만, 음악평론가들로부터는 '완성도 면에서 1집보다 몇 배는 더 뛰어나다.'는 평가를 받았다. 그들은 '백두산이 뿜어내는 사운드는 이미 한국을 넘어선 것'이라는 극찬을 아끼지 않았다. 특히 「Up in the sky」와 「주연배우Main Character」가 평론가들의 주목을 받았다.

일본 잡지 「번」은 '아시아의 수준을 넘어섰다.'며 백두산 2집에 최고점을 주었다. 한국에 들어와 우리를 취재해 간 잡지 기자는 내가 마이크를 입에 넣는 사진까지 실으면서 '한국의 그룹이 우리들에게 경고를 하고 있다.'는 기사를 썼다. 실제로 앨범은 한국보다 일본에서 더 많이 팔렸고, 지금도 꾸준히 팔리고 있다.

일본뿐만이 아니었다. 영국의 록 주간지 「케랑Kerrang」도 '백두산이 정말 한국인들로 구성된 그룹이 맞느냐?'며 우리에게 스콜피언스 Scorpions와 대등한 점수를 주었다. 기분 좋은 일이었다. 일본 쪽에서는 계속 공연해 달라는 요청이 들어왔고, 미군들은 우리 앨범을 사서 자식들에게 선물하기도 했다.

2집은 현재도 'A면은 강력한 일렉트릭 기타와 당시만 해도 듣기 힘들었던 진짜 금속성 보컬, B면은 서정성과 위트로 가득 찬, 유현상과 김도균이라는 전설을 만들어낸 역작' 이라는 평가를 받고 있다. 대중문화평론가 최규성의 말을 들어보자.

백두산 2집은 놀라운 변신의 성과가 무엇인가를 극명하게 보여준 앨범이다. 이 음반이 백두산 최고의 앨범이란 평가의 원동력은 탁월한 김도균의 연주력에 가성의 샤우팅 창법으로 환골탈태한 리드 보컬 유현상의 변신이 한몫 단단히 했다.

2집에 수록된 총 8곡 중 한국말을 들을 수 있는 노래는 단 3곡에 불과하다. 또한 앨범 어디에서도 한글을 찾기 힘든 것은 해외 진출을 꿈

꿨던 멤버들의 당대의 음악적 야망을 대변한다. (『주간한국』 2009년 10월 28일)

그랬다. 그가 말한 것처럼 우리는 해외 진출을 꿈꿨다. 대부분의 노래를 영어로 만든 것도 그 때문이었다. 하지만 우습게도 우리는 영어 때문에 발목을 잡히고 말았다.

당신들은 방송출연금지야!

우리와 같은 시기에 활동했던 일본의 헤비메탈 그룹 라우드니스 Loudness나 앤섬Anthem은 이미 영어 음반을 내고 미국에 진출해 있었다. 나는 그들을 보고 우리도 충분히 할 수 있다고 생각했다. 실제로 음악 평론가들과 팬들의 반응도 좋았다.

희망을 본 우리는 대전으로, 대구로, 광주로 팬들을 찾아다니며 공연을 했다. 우리를 둘러싸고 무슨 일이 벌어지고 있는지 짐작조차 하지 못한 채.

부산에 내려가 이사벨여고 강당에서 공연을 할 때였다. 공연이 끝나갈 즈음 백두산 2집이 방송출연금지 처분을 받았다는 황당한 소식이 날아왔다. 처음에는 거짓말이라고 생각했다. 누군가가 장난을 치는 것이라고 생각했다. 하지만 아니었다. 사실이었다. 현실이었다. 우리는 물론 공연장에 있는 팬들도 깜짝 놀라 아무 말도 하지 못했다.

방송출연금지 사유는 '가사가 영어로 되어 있다.'는 것이었다. 어처구니없는 일이었다. 외국인들이 보기에도 기가 막혔는지 그 내용이 아시아판 타임지에까지 실렸다. 내 사진도 실렸는데, 역시나 입에 마이크를 집어넣는 사진이었다.

허탈했고, 답답했다. 해외 진출을 막아버린 정부가 원망스러웠다. 지하 연습실에서 하루 종일 연습하고, 수없이 밤을 새운 끝에 만든 앨범이었다. 그동안 고생 많았다며 박수를 쳐주고 격려해 줘도 모자랄 판이었다. 일본이나 대만 같았으면 국가적인 차원에서 지원해 주었을 것이다.

서울에 올라온 우리는 한동안 아무 일도 하지 못하고 연습실에 멍하니 앉아 시간을 보냈다. 앞으로 어떻게 해야 좋을지 판단이 서지 않았다. 대책이 없기는 홍 사장도 마찬가지였다.

문득 동부이촌동에 있는 서울스튜디오에서 2집 앨범을 녹음할 때의 일이 떠올랐다. 우리는 노래 한 곡 하다 자르고, 뭔가를 입히는 짓 따위는 하지 않았다. 라이브 공연을 하는 것처럼 악기를 연주하며 노래를 불렀다. 우리의 음악을 들려주고 싶었지 '포장'하고 싶지 않았기 때문이었다. 그리고 워낙 연습을 많이 해서 자신감도 있었다.

녹음실 사장은 우리들이 녹음하는 모습을 보더니 깜짝 놀랐다. 아니, 신기해하는 것 같았다. 비디오카메라를 가져와 우리들이 녹음하는 장면을 촬영하기도 했다.

그때는 얼마나 꿈에 부풀어 있었던가!

1집 활동을 할 당시 일본 후쿠오카록페스티벌 무대에 섰던 우리는, 2집이 나오면 히로시마에 원폭을 터뜨리듯 음악으로 일본 전역을 초토화시키자고 농담처럼 말하곤 했었다. 앨범을 수출해 외화를 벌어들이고, 우리의 음악을 전 세계에 보여주자고. 하지만 우리들의 꿈을 정부는 잔인하게 짓밟았다.

우리를 미워하는 정부가 일부러 꼬투리를 잡아 방송금지라는 철퇴를 내린 것은 아닐까, 하는 의심도 일었다. 우리는 공연을 할 때마다 앰프를 발로 차서 부수거나 기타를 부러뜨리고 불을 지르는 퍼포먼스를 벌였다.

정부는 그런 우리를 제정신이 아닌, 미친놈으로 보는 것 같았다. 대마초를 했든 안 했든, 술을 마셨든 안 마셨든 공연이 끝나면 수사관들이 찾아와 우리를 잡아갔다. 그들은 골방 같은 취조실에 우리를 가둬놓고 대마초를 했는지 캐물었고, 때로는 약물 검사를 하기도 했다. 하지만 우리는 정부의 타깃이 될 일을 할 만큼 바보가 아니었다. 수천 개의 곡을, 음까지 외우는 우리였다. 더군다나 목표가 분명했고, 큰 꿈이 있었다.

대학생은 물론 넥타이 부대까지 거리로 뛰쳐나와 민주화를 요구하던 시절이었다. 정부는 변화를 외치는 그들을 무조건 힘으로 억누르려 했다. 때문인지 젊은 친구들은 우리의 퍼포먼스에 열광적인 반응을 보였다. 기존 질서를 파괴하는 것처럼 보이는 우리를 통해 대리 만족을 느꼈던 것이다.

록은 반항과 분노를 표출하는 음악이기도 하다. 공권력에 짓눌린 젊은이들은 가슴에 쌓인 분노와 답답함을 백두산의 노래를 따라 부르며 풀었다. 바로 그 점 때문에 정부의 미움을 산 것인지도 몰랐다.

"이젠 뭘 하지?"

한참을 우두커니 앉아 있던 누군가가 힘없이 물었다. 내가 묻고 싶은 말이었다.

백두산이 무너졌다 전설이 사라졌다

정당한 평가를 받지 못하는 현실에 크게 실망한 우리는 결국 헤어지고 말았다. 한동안 방황하던 도균이는 허탈감을 이겨내지 못하겠는지 나를 찾아와 말했다.

"형. 저는 공부하러 영국으로 가렵니다. 이렇게 대우를 못 받는 곳에서 더 이상 음악하기 싫습니다."

나는 도균이의 마음을 충분히 이해했다. 우리는 남들이 가지 않는 길을 앞장서서 걸어갔다. 본토에서도 통할 수 있는 헤비메탈을 하려고 영어 음반을 발표하는 파격적인 시도를 한 것이다. 치열하게 노력한 덕분에 일본을 비롯한 해외에서 높은 평가를 받았다. 그러나 정작 우리나라에서는 방송조차 할 수 없었다. 해외 진출은커녕 국내 활동도 제대로 할 수 없게 된 것이었다. 한마디로 기가 막힌 상황이었다.

그동안 무슨 짓을 한 것인가?

나 역시 괴리감에 휩싸였다. 도균이를 막을 명분도, 이유도 없었다.

도균이가 영국으로 떠나면서 백두산은 끝내 해체되었다. 베이시스트 김창식은 그래도 계속 록을 하겠다며 밴드를 결성해 활동을 이어갔고, 드러머 한춘근은 재즈 공부를 하면서 음악적 식견을 넓혀갔다.

1986년 「어둠 속에서」를 발표하며 세상에 그 존재를 알렸던 백두산이, 세계를 휘어잡으려고 강력한 사운드를 장착했던 백두산이 웅지를 채 펴보지도 못하고 불과 2년 만에 진격을 멈춘 것이다.

하지만 그래도 우리는 누구보다 열심히 살았기에 인생의 주연배우였다.

인생 속에 그 무엇 난 느꼈나
그 무엇 찾으려고 숨을 쉬나
달콤한 캔디 쓰디쓴 커피
한 손엔 어제 신문 꾸겨들면서
주연배우 같이 연극 속에 사는 것이
그게 바로 인생이야
인생이란 주연배우

고통 속에 그 무엇 난 느꼈나

그 무엇 찾으려고 애를 쓰나
어제도 젊음 오늘도 젊음
두 눈은 버스 번호 뒤져가면서
주연배우 같이 연극 속에 사는 것이
그게 바로 인생이야
인생이란 주연배우

자 숨을 크게 쉬고 어제 돌아볼까
가슴을 활짝 펴고 하늘 쳐다볼까
자 숨을 크게 쉬고 오늘 맞이하자
부끄럼 한 점 없이 하늘에 물어볼까
저 하늘에
인생이란 주연배우
인생이란 주연배우
인생이란 주연배우
인생이란 주연배우

제3장

낯선 일본 땅에서, 낯선 관객들 앞에서 기죽지 않고 당차게 노래를 부르는 지연이를 보자 벅찬 감동이 밀려왔다. 내가 꿈꿨던 일을 마침내 지연이가 해낸 것이었다. 그때 눈부시게 아름다웠던 지연이의 모습을 평생 잊을 수 없을 것이다.

대한민국 최초의 아이돌 스타
이지연을 낳다

백두산이 해체된 후 못다 이룬 꿈을 이루기 위해 후배 양성의 길을 택한 나는 일본으로 건너갔다. 일본 프로덕션과 음악계를 꼼꼼히 살펴보고 방향을 정할 생각이었다. 백두산은 비록 정당한 평가를 받지 못했지만 내가 가진 모든 것을 능력 있는 후배들을 위해 쏟아 붓고 싶었다.

나는 일본에서 쇼 비즈니스와 프로모션 시스템을 공부하며 유명 가수들의 공연을 보러 다녔다. 그때 내 눈에 띈 가수가 바로 나카모리 아키나Nakamori Akina와 히카루 겐지Hikaru Genji였다. 청순가련형의 나카모리 아키나는 1987년 제1회 일본 골드디스크 최고상을 탄 아시아의 톱스타였다. 롤러스케이트를 타면서 노래를 불렀던 그룹 히카루 겐지

역시 1987년 싱글 앨범 「스타 라이트Star Light」로 6주 동안 오리콘 차트 1위를 차지했던 최고의 아이돌 스타였다.

나카모리 아키나의 공연을 보는 순간 떠오르는 얼굴이 있었다. 경복여상 스쿨밴드 재뉴어리January의 리드 싱어 이지연이었다.

백두산 1집을 내고 활발하게 활동했을 당시 많은 팬들은 물론 스쿨밴드들도 우리들이 어떻게 연습하는지 보고 배우려고 자주 고려병원 앞 지하에 있는 연습실을 찾아왔었다. 그들 중에 재뉴어리도 있었는데, 특히 눈이 유난히 반짝거리는 지연이는 마치 얼굴에서 빛이 나는 것처럼 아름다워 눈길을 끌었다.

나는 연습을 마치고 쉬는 시간에 지연이를 불러 물었다.

"너 노래 한번 해볼래?"

"네."

지연이는 당황하는 기색도 없이 대답했다. 여자애들은 대부분 내 앞에 서면 말을 제대로 하지 못했다. 그러나 지연이는 아주 당당했다. 묘하게 관심이 가는 아이였다.

"잘하는 노래가 뭐야?"

"우순실의 「잃어버린 우산」이요."

"자, 우리 애 노래 한번 들어보자."

나는 쉬고 있는 멤버들을 불러 「잃어버린 우산」을 연주했다. 지연이는 잠시 호흡을 가다듬더니 음악에 맞춰 노래를 부르기 시작했다.

청순한 목소리였다. 때가 묻지 않아 예뻤고, 생긴 모습과도 잘 어울렸다.

나는 언젠가는 지연이를 가수로 만들어야겠다는 생각을 하고 틈날 때마다 노래 연습을 시켰다. 지연이는 내가 가르치는 것들을 마치 스펀지처럼 빨아들였다. 외모뿐만 아니라 음악적으로도 뛰어난 재질을 갖춘 친구였다.

일본의 나카모리 아키나, 한국의 이지연. 그림이 그려졌다.

나는 일본에서 돌아오자마자 백두산프로덕션을 설립하고 지연이를 찾았다. 서라벌레코드사 녹음실이 내 사무실이자 연습실이었다. 홍원표 사장은 내게 많은 것을 베풀어준, 참 고마운 사람이다.

"너, 가수할 생각 있어?"

나는 연락을 받고 온 지연이에게 물었다. 지연이는 여전히 당찬 모습으로 하고 싶다고 대답했다.

"자신 있어?"

"네. 자신 있어요."

팬과 가수 사이였던 지연이와 나와의 관계가 가수와 매니저로 바뀌는 순간이었다.

그때부터 나는 혹독한 조련사로 변신했다. 허리까지 내려오는 긴 머리를 휘날리며 미친 듯이 노래를 부르던 가수 유현상은 어디론가 사라지고 없었다. 나는 지연이에게 발성에서부터 창법에 이르기까지 모든 것을 새로 가르쳤다. 사소한 잘못 하나도 그대로 넘어가지 않았고, 조금이라도 게으름을 피우면 가차 없이 야단을 쳤다.

　얼마 후 나는 지연이를 데리고 「토요일 토요일은 즐거워」 녹화장을 찾았다. 백두산을 인정해 주고 좋은 공연을 할 수 있도록 도와주었던 송창의 피디를 만나기 위해서였다. 나는 지연이를 방청석에 앉혀놓고 송창의 피디에게 갔다.

　"어, 오랜만이야, 현상 씨."

　송창의 피디는 나를 보더니 반갑게 손을 내밀었다. 나는 그와 악수를 하고 이런저런 얘기를 나누다 이번에 프로덕션을 차렸다는 말을 건넸다. 피디이기 이전에 그는 속마음을 털어놓을 수 있는 친구였다.

　"나이도 있고, 이젠 후배를 키울 때가 된 것 같아."

　"그래? 현상 씨, 저기 좀 봐."

　그때 송 피디가 손으로 가리킨 사람이 바로 지연이었다. 그 많은 사람들 중에서 어떻게 지연이를 발견했을까? 피디의 눈에는 고감도 안테나라도 달려 있는 모양이었다. 당시 송창의 피디의 조연출이었던 안우정 현 MBC 예능국장도 같은 말을 했다.

　"아까부터 저 아이가 자꾸 눈에 들어오네. 저런 친구 괜찮지 않아? 어때?"

　"뭐, 괜찮네."

　나는 시침 뚝 떼고 말했다.

"현상 씨 보기에도 그렇지? 가수로 만들면 어떻겠어? 한번 해봐.
내가 도와줄게."

송 피디의 말이 내게 확신을 심어주었다. 앞이 보였다. 방청석에서
는 대한민국 최초의 여고생 가수 이지연이 환하게 웃고 있었다.

지연이가 대신 이룬 백두산의 꿈

곡에는 주인이 따로 있는 모양이었다. 퇴계원에서 썼던 곡이 지연이의 노래가 될 줄 누가 알았겠는가.

1987년 겨울, 열여덟 어린 나이에 「그 이유가 내겐 아픔이었네」로 데뷔한 이지연은 '자고 났더니 스타가 되어 있더라.'는 말처럼 나오자마자 스타가 되었다. SM엔터테인먼트의 이수만 사장이 아이돌 스타를 생각하지도 못했을 때 이지연이 등장한 것이다.

「그 이유가 내겐 아픔이었네」뿐만 아니라 후속곡 「그때는 어렸나 봐요」, 「난 사랑을 아직 몰라」, 「남겨진 슬픔, 사랑」도 크게 히트를 쳤다. 지연이를 만나고 나서 쓴 「그때는 어렸나 봐요」를 빼놓고는 모두 퇴계원에서 공부할 당시 쓴 곡이다.

그러나 지연이를 가수로 데뷔시키는 것이 결코 쉽지만은 않았다.

지연이 부모님이 가수는 절대로 안 된다고 강하게 반대했던 것이다. 나는 여러 차례 부모님을 찾아가, 지연이가 얼마나 뛰어난 재능을 가졌는지 설명하며 부탁도 하고 사정도 했다. 부모님이 싫어하는 것 같아 길게 기르던 머리카락도 짧게 잘랐다.

끈질기게 매달리는 내가 지겨웠는지 부모님은 마지못해 허락을 했다. 그러나 '부모가 원하면 언제든지 가수를 그만두게 한다.'는 등 까다로운 조건을 많이 달았다. 나는 흔쾌히 모든 조건을 받아들였다. 지연이를 톱스타로 만들 수 있다는 자신감이 있었던 것이다.

내 판단은 결과적으로 옳았다. '원조 얼짱' 가수로 불리는 지연이는 긴 생머리와 가냘픈 몸매, 청순한 외모와 뛰어난 가창력으로 남자들의 로망이 되었다. 특히 군인들 사이에서 지연이의 인기는 대단했다. 지연이가 군부대에 공연을 하러 가면 군인들은 기절할 것처럼 소리를 지르며 좋아했다.

사실 지연이가 빠른 시간 안에 스타덤에 오른 데에는 송창의 피디의 도움이 컸다. 그는 지연이를 처음 봤을 때 나에게 했던 약속을 지켜, 지연이를 12주 연속 「토요일 토요일은 즐거워」에 출연시켰다. 그러나 예능 분야의 전설적인 피디답게 단 한 번도 같은 컨셉으로 지연이를 무대에 올리지 않았다. 이번에 피아노를 쳤다면, 다음에는 오케스트라와 공연하는 식이었다. 젊은이들에게 인기가 많았던 「토요일 토요일은 즐거워」에 12주 연속 출연했으니 얼굴과 이름이 알려지지 않을 수 있겠는가.

　　물론 나도 열심히 지연이를 뒷바라지했다. 새벽이면 코디네이터와 함께 남대문시장으로 달려가 그날 지연이가 입을 옷 색깔에 맞춰 구두와 머리핀 등 액세서리를 샀고, 곧바로 방송국에 들러 아직 출근하지 않은 피디들을 기다리곤 했다. 피디들에게 지연이를 홍보하느라 하루에 목욕을 세 번 할 때도 있었고, 점심을 서너 번 먹은 날도 많았다.

　　지방에 공연이 있어 함께 내려갈 때는 피곤에 지쳐 잠든 지연이가 깰까봐 최대한 조심조심 운전했다. 앞에 돌이 보이면 차를 세우고 돌을 치운 후에 다시 운전했다. 지연이는 내 가수였다. 나는 지연이를 위해, 지연이가 언제 어디서나 최상의 컨디션으로 무대에 올라 노래를 할 수 있도록 최선을 다했다.

　　그 덕분일까? 지연이는 1988년 KBS가요대상에서 이상은, 양수경 등 쟁쟁한 경쟁자들을 물리치고 여자신인가수상을 수상했다. 평생 단 한 번밖에 받을 수 없는 상을 받은 것이다.

　　시상식장에서 지연이가 상을 받는 모습을 보는 순간 가슴이 뭉클해졌다. 2년 전 그룹 부문 후보로 백두산이 섰던 바로 그 자리였다. 내가 이루지 못한 꿈을 지연이가 대신 이룬 것이었다. 상을 받은 지연이가 내게 고마움을 전했다. 기뻤다. 말로 표현할 수 없을 만큼 커다란 희열이 느껴졌다.

지연이에게 신인가수상의 영예를 안겨 준 「그 이유가 내겐 아픔이었네」의 가사를 읽어보면 나도 제법 글을 잘 쓰는 것 같다는 생각이 든다. 내가 썼다고는 믿을 수 없을 정도로 표현이 여성적이고, 서정적이다.

잊는다는 슬픔보다 잊어야 한다는 이유가
내겐 너무도 서글픈 아픔이었네
잊어야 하는 마음을 가을비는 아는 듯이
내게 찾아와 조용히 손짓을 하네
뺨을 스치는 찬바람도 보고픔에 목이 메어
고갤 숙이고 내게 손짓하던 가을비도
할 말 잃어 차가운 눈동자에 줄을 댄다
잊어야 하는 그 이유가 내게는 아픔이었네
내게는 아픔이었네

지연이는 그해에 일본 NHK방송국의 가요퍼레이드88에 출연해 일본에도 얼굴을 알렸고, 「푸른 계절」, 「한 지붕 세 가족」 등 여러 드라마와 과자, 음료, 전자제품 등 다양한 CF에 출연해 88올림픽이 열린 1988년을 화려하게 마무리했다.

대한민국 헤비메탈의 전설에서
'아이돌 메이커'로

지연이의 매니저로 정신없이 바쁘게 돌아다니던 나는, 어느 날 차 안에서 탤런트 김희애가 부른 「나를 잊지 말아요」라는 노래를 들었다. 지연이가 불러도 좋을, 지연이에게 잘 어울리는 노래라는 생각이 들었다.

그 곡을 작사 작곡한 친구는 「토요일 토요일은 즐거워」에서 백두산과 함께 「이제 자야 하나 봐」를 불렀던 전영록이었다. 그때 나와 도균이는 용접공들이 한춘근의 드럼에 맞춰 막아놓은 문을 용접기로 뚫으면 안에서 기타를 치고 있다가 뛰쳐나와 무대 위로 올라가는 퍼포먼스를 선보였었다. 내가 클라이맥스 부분인 "누군가"를 되풀이해서 외칠 때 방청석에서 무대 위로 뛰어 올라온 전영록은 가수뿐만이 아니라 작사 작곡가로서도 높은 평가를 받고 있었다.

나는 전영록을 찾아가 지연이의 2집 앨범을 맡아 달라고 부탁했다. 예전부터 나를 잘 알고 있었고, 지연이가 크게 될 재목이라는 것을 감지하고 있던 전영록은 흔쾌히 내 부탁을 들어주었다. 그렇게 해서 1989년 1월, 팬들이 기다리던 2집이 세상에 나왔다.

전영록과 이지연의 만남은 환상적인 결과를 낳았다. 지연이가 「그 후론」에 이어 부른 「바람아 멈추어다오」가 KBS가요TOP10에서 3월 4째 주부터 4월 4째 주까지 5주 연속 1위를 차지한 것이다. 후속곡 「슬픈 안녕」과 친구들과 함께 부른 「졸업」도 팬들에게 많은 사랑을 받았다.

그 무렵 NHK방송국에서 나카모리 아키나와 이지연을 한 무대에 세우고 싶다는 제안을 해왔다. 일본 연예계도 이지연을 주목하고 있었던 것이다. 아시아 톱 가수와의 조인트 공연이었다. 마다할 이유가 없었다.

나는 지연이를 데리고 일본으로 건너갔다. 3년 전 새로운 길을 찾으러 왔던 일본이었다. 그때와 다른 점이 있다면 지연이가 내 옆에 있다는 것이었다. 느낌이 묘했다.

지연이는 NHK방송국 공개홀 무대에 나카모리 아키나와 함께 섰다. 사회자가 KBS가요TOP10에서 5주 연속 1위를 차지한 가수라고 지연이를 소개했다.

낯선 일본 땅에서, 낯선 관객들 앞에서 기죽지 않고 당차게 노래를 부르는 지연이를 보자 벅찬 감동이 밀려왔다. 내가 꿈꿨던 일을 마침내 지연이가 해낸 것이었다. 그때 눈부시게 아름다웠던 지연이의 모습을 평생 잊을 수 없을 것이다. 나는 노래 제목과는 달리 지연이가 일으킨 바람이 한국과 일본 양국에서, 아니 아시아 전역에서 멈추지 않고 계속 불기를 바랐다.

지연이는 내 기대를 저버리지 않았다. 그해 10월 말레이시아 쿠알라룸푸르에서 열린 제5회 ABU아시아태평양방송연합가요제에 참가한 지연이는 「러브 포 나잇Love For Night」으로 3위에 입상해 해외에서도 실력을 인정받았다. 15개국의 정상급 가수들과 경쟁을 벌여 이루어낸 쾌거였다. 현지 신문 「The Malay Mail」도 표지에 지연이의 컬러 사진과 함께 인터뷰 내용을 상세하게 실을 정도로 높은 관심을 보였다.

「러브 포 나잇」는 내가 직접 노랫말을 쓰고 작곡한 노래였다. 나는 심상수 MBC 예능국장을 찾아가 노래를 들려주었고, 바로 이런 곡이 ABU가요제에 나가야 하는 것 아니냐며 설득했다. 다행히 심 국장이 좋게 봐줘서 지연이를 가요제에 내보낼 수 있었다.

지연이의 인기는 하늘 높은 줄 모르고 치솟아 2집 앨범이 무려 20만 장 넘게 팔렸다. 당시 20만 장이면 지금의 200만 장이나 마찬가지다. 돈도 물밀듯이 들어와 사무실을 마포에 있는 5층짜리 빌딩으로 옮겨 4~5층을 통째로 썼다.

나를 찾아오는 가수 지망생들도 급격히 늘었다. 그들 중에는 훗날 서태지와 아이들의 멤버가 된 양현석과 이주노도 있었다.

나는 오디션을 통해 재능이 엿보이는 친구들을 연습생으로 받아들여 치열하게 연습을 시켰고, 그중에서 5명을 뽑아 일본의 히카루 겐지를 벤치마킹한 그룹 야차를 만들었다. 백두산이 불렀던 「애타는 마음」으로 데뷔한 야차는, 백두산을 인정하고 여러모로 도움을 주었던 김대화 피디 덕분에 KBS 「젊음의 행진」에 고정 출연할 수 있었다. 김태화 피디가 프로듀서를 맡은 「젊음의 행진」은 중·고등학생은 물론 대학생들까지 좋아했던 프로그램이었다.

야차는 금방 젊은이들 사이에서 화제가 되었다. 롤러스케이트를 타며 노래 부르는 모습이 재미있고, 신선하게 느껴진 듯했다. 당시 국산 롤러스케이트는 텀블링을 한 번만 해도 망가질 정도로 조잡해 내가 직접 일본 우에노에 가서 롤러스케이트를 사와야 했다.

그 외에도 김종서가 메인 싱어로 있었던 록그룹 카리스마와 조항조, 작은 하늘 등을 발굴해 데뷔시켰는데, 수익금의 대부분이 투자비로 빠져나갔다. 팬들에게 최고의 음악을 들려주고 싶어 최고의 작사가, 최고의 작곡가에게 곡을 의뢰했고, 뛰어난 실력을 갖춘 연주자들에게 반주를 맡겼기 때문이다. 녹음도 당연히 가장 시설이 좋은 곳에서 했는데, 남들이 바이올린을 5대 쓴다고 하면 나는 10대를 쓰는 등 아낌없이 투자를 했다.

다만 아쉬웠던 점은 다시 한 번 헤비메탈 붐을 일으키기 위해 실력 있는 친구들을 뽑아 만든 카리스마가 빛을 보지 못했다는 것이다. 카리스마는 지연이 공연의 오프닝은 물론 연주까지 맡아 했었다. 얼마 전에 방송국에서 만나 사과했지만, 나에게 많은 기대를 걸었을 종서에게 미안하다.

너는 사랑을 향해 달리고, 나는 내리막을 향해 치닫고

나는 소속 가수와 연습생들이 늘어나 회사 규모가 커지자 직원들을 더 채용했다. 두세 명이 모든 일을 처리하기에는 역부족이었던 것이다. 나는 지연이에게 전담 매니저를 붙여주고 연습생 키우는 일과 홍보에 전념했다.

신인들이 무대 위에서 노래하는 모습을 보고 있으면 내가 무대에 섰을 때보다 더 조마조마하고 떨렸다. 혹시나 실수하지 않을까 걱정이 되었고, 한편으로는 답답하기도 했다.

왜 저 정도밖에 못하는 거지? 더 열광적으로 몸을 움직여야 할 거 아냐? 클라이맥스 부분에선 왜 무릎을 꿇지 않는 거야?

특히 엉망인 공연을 보고 있으면 차라리 내가 무대에 서고 싶다는 생각이 부글부글 끓어올랐다. JYP엔터테인먼트의 박진영도 나와 비슷한 생각을 했을 것이다. 그래서 몇 년에 한 번씩 앨범을 내고 가수로 무대에 서는 게 아닐까?

나는 소속 가수들의 공연 장면을 꼼꼼히 모니터해서 따끔하게 충고를 해주었다.

"관객들이 뭘 원하는지 느낌이 오지 않아? 공연장에 떠다니는 흐름, 분위기를 빨리 캐치해야 할 거 아냐? 관객들과 하나가 되려면 더 미쳐야 하는데 왜 연습한 대로만 하는 거야? 연습한 동작이 5개라면 무대에서는 10개를 보여줘야지. 나머지 5개는 너희들이 찾아야 해."

말은 그렇게 했지만 사실 그것은 타고난 끼가 없으면 하기 힘든 일이었다. 지금 생각해 보면 지연이는 끼가 많은, 정말 영리하고 똑똑하고 지혜로운 친구였다. 5개를 알려주면 10개를 알아서 했으니까.

말레이시아에서 돌아온 지연이는 그해 연말에 KBS가요대상 본상과 MBC10대가수상을 받았다. 그리고 이듬해 초에 3집 앨범을 발표했는데 「늦지 않았어요」라는 노래가 곧바로 KBS가요톱10 5위에 올랐다. 그야말로 대박을 친 것이다.

2년 넘게 강행군을 해온 나는 이제 좀 쉬어야겠다는 생각을 했다. 여행도 다니고 싶었고, 언젠가 내가 부를 노래도 만들고 싶었다.

그러나 알 수 없는 것이 세상일이었다. 때마침 방송국 피디 뇌물 수 수 사건이 터져 검찰에 불려다니느라 전보다 더 피곤해졌다. 당시 누구보다도 열심히 일했고, 또 제일 잘나가는 가수를 데리고 있던 나는 검찰의 타깃이 될 수밖에 없었다.

나는 당분간 회사에 나가지 않고 집에 틀어박혀 지냈다. 자꾸 찾아오는 수사관들이 귀찮았다. 그들은 내가 회사에 나타나지 않자 수시로 전화를 걸어 물었다.

"너 지금 어디 있어?"

그러면 나는 솔직하게 말해 주었다.

"집에 있는데요."

"집에서 뭐 해?"

"라면 먹고 있는데요."

"거짓말하는 거 아니지?"

"아닌데요."

오히려 수사관들이 의심할 정도로 곧이곧대로 대답을 했으니 참 순진했던 것 같다. 지연이를 예쁘게 봐주고, 자주 불러주는 피디들이 고마워서 나름대로 성의 표시를 한 것은 사실이었다. 하지만 그런 것까지 뇌물로 보고 죄를 묻는다는 것은 피디들과 아예 등을 지고 살라는 얘기나 마찬가지였다. 피디들에게 새로운 가수, 새로운 노래가 나왔다는 것을 알려야 세상에도 알려질 것이 아닌가. 더군다나 나는 음악을 하는 뮤지션이었다. 로비스트도, 비즈니스맨도 아니었다.

수사관들과 부딪치지 않으려고 며칠 동안 집 밖을 나가지 않았던 나는 그래도 「늦지 않았어요」를 홍보해야 한다는 생각에 회사로 갔다. 서울보다 반응이 늦은 호남과 영남 쪽을 돌고 올 예정이었다.

나는 봉고차에 CD를 싣고 직원과 함께 지방으로 내려갔다. 대전과 광주를 거쳐 진주 근처에 도착했을 때였다. 일을 보고 저녁 늦게 숙소에 들어가 잠을 자는데 이상한 꿈을 꾸었다. 지연이 포스터가 허공에 둥둥 떠다니다 한순간 내 얼굴을 향해 다가오는 것이었다. 뭔가 느낌이 좋지 않았다. 불길했다.

나는 벌떡 일어나 지연이 집에 전화를 걸었다.

"지연이 아직 안 들어왔어요."

전화를 받은 지연이 어머니가 힘없이 말했다. 걱정 섞인 목소리였다. 분명히 무슨 일이 있는 것 같았다.

나는 옆방에서 자고 있는 직원을 깨워 당장 서울로 올라왔다.

내 예감은 정확히 들어맞았다. 언제부턴가 지연이는 나이트클럽에서 일하는 무명 그룹의 리드 싱어 정국진과 사귀고 있었다. 10년 연상의 이혼남이라고 했다. 지연이를 매니저에게 맡기고 관리를 소홀히 한 내 잘못이었다.

나는 당장 지연이를 불러 이혼한 남자와 사귄다는 것이 사실이냐고 물었다. 처음에는 완강하게 부인하던 지연이는 내가 무섭게 다그치자 더는 버틸 수 없다고 느꼈는지 그동안 있었던 일들을 하나둘 털어놓았다. 리버사이드 나이트클럽에서 노래를 부를 때 반주를 맡았던 남자를 알게 되었고, 지금은 서로 사랑하는 사이가 되었다는 것이었다. 답답한 일이었다. 왜 하필 애 딸린 유부남인가? 세상 사람들이 알면 뭐라고 하겠는가?

나는 지연이를 심하게 꾸짖으며 제발 마음 돌리라고, 그 남자와 만나지 말라고 충고했다. 지연이도 내 말을 귀담아듣는 것 같아 다소 마음을 놓고 헤어졌다.

하지만 지연이는 마치 고장 난 기관차처럼 사랑을 향해 달려갔다. 남자와의 관계가 깊어지면서 방송도 자주 펑크를 내기 시작했다. 나중에는 펑크를 너무 자주 내 스케줄을 잡기가 무서울 정도였다. 도대체 어떻게 해야 좋을지 알 수 없었다.

지연이를 처음 만난 날부터 고등학교 2학년인 그녀에게 노래를 가르치기 위해 애썼던 일, 지연이 부모님에게 허락을 받기 위해 미련 없이 머리를 잘랐던 일, 1집 앨범이 나오자 지연이를 부둥켜안고 펄쩍펄쩍 뛰었던 일들이 끊어진 필름처럼 머릿속에 떠올랐다 사라졌다. 가슴이 아팠다.

한 시대의 로망이 떠나고

2년 전쯤인가 지연이는 한 방송사와의 인터뷰에서 "내가 서 있는 무대로 쏟아지던 환호가 어느 순간 야유로 바뀌었다. 소문이 사실이 아니라고 아무리 말해도 사람들은 믿지 않았다. 어디를 가든 루머가 따라다녀 우울증에 시달렸다. 누명을 벗을 수 있다면 자살이라도 하고 싶었다. 자살하는 연예인들 심정이 이해가 된다."고 말했다.

나는 지연이가 어린 나이에 연예계에 들어와 스트레스를 받고 있다는 사실은 알고 있었지만, 그 정도로 힘들어하고 있는 줄은 몰랐었다.

어느 날 혜성처럼 등장한 지연이는 순식간에 대한민국 모든 남자들의 마음을 사로잡았다. 바로 그 점 때문에 여자들에게 지연이는 '공공의 적'이 되었다. 다시 말해 질투의 대상이 된 것이다.

1집 앨범이 성공한 후 지연이가 라디오 방송에서 욕을 했다는 악성 루머가 퍼지기 시작했다. 욕을 했다고 알려진 방송 담당 피디와 진행자였던 김희애가 방송을 통해 사실이 아니라고 밝혔지만, 소문의 불길은 점점 더 거칠게 번져갔다.

얼마 후에는 라이벌 가수 이상은의 뺨을 때렸다는 소문이 돌았다. 1988년 강변가요제에서 「담다디」로 대상을 차지하며 화려하게 데뷔한 이상은은 보이시한 매력으로 남성보다는 여성에게 더 인기가 많았다.

언론에서는 데뷔 연도나 나이는 비슷하지만 팬층은 뚜렷하게 다른 두 사람을 최대의 라이벌로 부각시켰다. 88년도에 지연이는 KBS에서, 이상은은 MBC에서 각각 신인상을 받았으니 이슈가 될 만도 했다. 이상은의 팬들이 대부분 안티 이지연이어서 두 사람을 경쟁자인 것처럼 각색하는 기사도 많이 나왔다.

악성 루머는 좀처럼 사라지지 않았다. 오히려 갈수록 꼬리에 꼬리를 물고 이어져 매니저 유현상과 그렇고 그런 사이다, 마침내 동거에 들어갔다는 소문에 이어 결혼설까지 나돌았다. 그러나 나는 노래 외에는 다른 생각이 전혀 없었다. 지연이가 인기 가수로 성장하는 모습을 보는 것 자체가 나에겐 기쁨이었고 희망이었다. 지연이가 부를 노래를 고르는 일부터 작사, 작곡, 편곡, 녹음에 이르기까지 내 손길이 미치지 않는 곳이 없었다.

나는 도대체 말도 안 되는 소문을 퍼트리는 사람들이 누군지 찾기 시작했다. 흥신소에 의뢰를 하고 경찰에도 부탁하는 등 내가 할 수 있는 모든 수단을 다 동원했다. 그러나 서울에서 김 서방 찾기였다. 직접 들었다는 사람은 아무도 없었다. 모두 '남'에게 들었다고 발뺌을 했다. 나는 결국 추적에 나선 지 6개월 만에 소문을 퍼트린 사람을 찾는 것은 불가능한 임임을 알고 포기했다. 지금 생각해 보면 범인은 지연이를 질투하고 미워하는 극성 소녀 팬들임이 분명했다.

그 후 나는 될 수 있는 대로 지연이와 함께 있는 시간을 줄여나갔다. 사람들이 또 무슨 이상한 말을 만들어낼지 몰라 두려웠던 것이다.

늘 곁에 있던 내가 차츰 거리를 두자 지연이는 어쩔 수 없는 상황이라는 것을 알면서도 조금은 섭섭했던 모양이다. 어쩌면 외로움을 타기 시작했는지도 몰랐다. 지연이를 위한 선택이 그녀에게 독이 된 것일까? 나는 그녀가 영원히 가요계를 떠나는 일이 벌어질 줄은 짐작조차 하지 못했었다.

사람들이 무책임하게 퍼트리는 소문 때문에 지연이는 큰 상처를 받았다. 이제 겨우 스무 살이었다. 얼마나 힘들었겠는가? 당연히 자신을 이해해 주고 자상하게 위로해 주는 남자에게 마음이 끌렸을 것이다. 지연이와 보다 많은 이야기를 나누었어야 했다. 바쁘다는 핑계로, 또 소문이 두려워 세세한 부분까지 살피고 보살펴주지 못한 내 잘

못이 컸다.

어렵게 만난 지연이는 나에게 사랑하는 남자와 결혼하겠다는 뜻을 분명히 했다. 그 말을 듣는 순간 쇠망치로 얻어맞은 것처럼 머리가 띵했다. 세상이 무너지는 것 같았다. 지연이가 그 남자를 선택하면 나나 지연이나 여태까지 쌓아올린 모든 것을 잃게 되어 있었다. 지연이도 잘 알고 있는 사실이었다.

나는 지연이에게 물었다.

"그 사람, 많이 사랑하니?"

지연이는 말없이 고개를 끄덕였다. 모든 것을 버리고 나이트클럽의 무명 가수와 결혼할 생각을 하다니, 참으로 대단한 용기였다.

"잘 살 자신 있어?"

"네. 죄송해요, 선생님."

"아니야. 역시 넌 지연이다. 앞으로 행복하게 잘 살아야 돼."

나는 한번 목표를 정하면 열정적으로 최선을 다해 일하지만 이건 아니라는 판단이 서면 깨끗하게 포기하고 물러난다.

"내가 도울 일 있으면 연락해."

나는 그 말을 남기고 일어섰다. 많은 생각이 떠올랐다 사라졌다.

지연이가 선택한 길이다. 존중해 주자. 아쉬워도 어쩔 수 없는 일이다. 지연이를 담기에는 내 그릇이 너무 작다. 물이 넘치고 있는데도 계속 물을 부을 수는 없는 노릇이다.

다음 날 나는 내 발로 검찰청에 들어가 담당 검사를 만났다. 시도 때도 없이 전화를 걸어오는 수사관들도 귀찮았고, 더 잃을 것도 없었다.

취조실로 나를 데리고 들어간 검사는 서류를 뒤적이며 언제 누구에게 얼마를 준 적이 있지 않느냐고 캐물었다.

"그런 적 없습니다."

"이렇게 증거가 있는데 잡아뗄 겁니까?"

검사가 서류를 들이밀며 위압적인 목소리로 물었다. 하지만 나는 기죽지 않고 당당하게 말했다.

"아시는지 모르겠지만 저는 백두산이라는 록그룹의 리드 싱어였습니다. 음악을 하는 사람이고, 음악을 좋아해서 내 삶과 꿈이 담긴 음악에 투자한 것뿐입니다. 피디 분들은 지연이가 노래를 잘 부르고, 또 곡이 마음에 들어 자주 불러준 것이고, 사람들도 좋아해 줘서 앨범이 많이 팔리고 스타가 된 것입니다. 정 못 믿으시겠다면 검사님이 말씀하신 피디 선생님을 만나게 해주십시오."

"알겠습니다. 만나게 해드리지."

검사는 밖으로 나가더니 누군가를 데리고 들어왔다. 검사가 말한 바로 그 피디였다. 마침 그 피디가 검거되어 검찰에 와 있었던 것이다.

나는 피디와 마주 앉은 자리에서 검사에게 말했다.

"이분은 김완선 씨와 이선희 씨를 키운 분입니다. 어떻게 보면 지연이와 그들은 적이나 마찬가지인데 이분이 나를 도와줄 이유가 어디 있습니까?"

내 얘기가 설득력이 있었는지, 피디가 사실대로 말해서였는지는 모르겠지만 그날 밤 늦게 나는 검찰에서 풀려났다. 하지만 나를 기다리고 있는 것은 참담한 어둠뿐이었다.

절망의 끝에서 다시 음악을 외치다

누군가는 나와 지연이를 블랙사바스의 기타리스트 토미 아이오미 Tony Iommi와 여성 록커 리타 포드Lita Ford에 비유하기도 한다. 리타 포드가 자신에게 기타를 가르쳐준 연인 토미 아이오미를 배신하고 떠났듯이, 이지연도 나를 배신하고 떠났다는 것이다. 그러나 다시 말하지만 지연이와 나는 연인 사이가 아니었다.

나는 지연이의 남자를 연예협회 모임에서 딱 한 번 만난 적이 있다. 키가 크고 잘생긴 친구였다. 그는 나와 눈이 마주치자 깜짝 놀랐다. 내가 한 대 치기라도 할 줄 알았던 모양이었다. 나는 주춤주춤 물러서는 그를 조용한 곳으로 데려가 말했다.

"지연이는 내가 제일 아끼는 가수예요. 또 우리 회사에서 없어서는 안 될 중요한 친구입니다. 하지만 아끼기 때문에 붙잡지 않고 보내주는 겁니다. 잘해 주세요. 행복하게 해줄 거라고 믿겠습니다.”

뜻밖의 얘기였는지 그는 여러 번 고맙다고 고개를 숙였다.

그리고 며칠 후 지연이가 그와 함께 미국으로 떠난다는 소리를 들었다. 그 말을 들은 매니저가 지연이를 붙잡아 오겠다며 부랴부랴 김포공항으로 갔지만 만나지도 못하고 되돌아왔다. 국제선 청사로 갔어야 하는데 국내선 청사에 가서 헤맸던 것이다. 매니저가 나에게 충성심을 보이려고 애쓰다 벌어진 해프닝이다

애정을 갖고 모든 것을 쏟아 부었던 지연이가 떠난 이후로 회사는 엉망이 되었다. 들어오는 돈은 형편없이 줄어들었고, 투자자들은 차갑게 등을 돌렸다. 더는 버틸 힘이 없었다.

결국 나는 소속 가수들과 직원들을 내보내고 회사를 정리했다. 지연이는 회사를 이끌어나가는 중심이었고, 상징적인 존재였다. 기둥이 뽑히면 집이 무너지기 마련이었다. 회사가 무너지면서 내 꿈도, 희망도 무너져 내렸다.

그 무렵 여동생과 함께 미국 LA에서 살고 계시던 어머니가 소식을 듣고 한국으로 들어왔다. 혹시 내가 나쁜 마음을 먹지나 않을까 걱정이 되었던 듯했다.

어머니는 항상 나를 자랑스러워하셨다. 백두산 시절, 공연을 끝내고 마포에 있는 집에 돌아오면 마약단속반이 집 앞에서 나를 기다리고 있다가 잡아가곤 했다. 대마초를 찾으려고 함부로 우리 집에 쳐들어와 여기저기 뒤지기도 했다. 하지만 없는 대마초를 어디서 찾아내겠는가.

그럴 때마다 어머니는 마약단속반에게 당당하게 말했다.

"현상이는 내가 믿는 아들이오. 남들은 어떻게 볼지 몰라도 나에겐 정말 자랑스러운 아들이오."

마포 집에 짐을 풀은 어머니는 피폐해질 대로 피폐해져 있는 나를 말없이 돌봐주었다. 지연이가 행복하게 잘 살기를 바랐지만 가끔씩 머리를 치켜드는 배신감은 나도 어쩔 수 없었다. 솔직히 나를 이 모양으로 만든 지연이가 원망스럽기도 했다.

시간이 갈수록 그 정도는 더 심해졌다. 나는 순간순간 세차게 끓어오르는 원망과 분노를 식히기 위해 기타를 들고 한강 고수부지로 뛰어갔다. 달리는 동안 계속 눈물이 흘러내렸다. 나는 고수부지에서 기타를 치며 목이 터져라 노래를 불렀다. 내 안에 가득 차 있던 원망과 분노가 물이 새듯 빠져나갔다. 문득 쳐다본 하늘이 너는 다시 음악을 해야 한다고 속삭이듯 말했다.

나는 기타를 움켜잡고 나 자신을 향해 소리쳤다.

'이제부터 다시 시작하는 거야!'

나는 회사를 운영할 때도 언젠가는 내 노래를 불러야겠다는 생각
을 했었다. 후배들을 키우느라 정신없이 바쁘게 지내면서도 시간을
쪼개 틈틈이 기타를 만졌던 것도 그 때문이었다.

그날부터 나는 매일 기타를 들고 한강 고수부지로 달려갔다. 지금
의 고통을 이겨낼 수 있는 길은 내가 다시 노래를 하는 것밖에는 없
다는 생각이 들었다. 달리다 숨이 차면 한강 다리에 서서 소리를 지르
곤 했다. 처음에는 전경들이 심각한 표정으로 나를 처다보더니 나중
에는 내가 소리를 지르면 웃으며 지나가곤 했다.

나는 한강 고수부지에서 운동을 하고, 기타와 발성 연습을 하면서
곡을 썼다. 그리고 앞으로 가야 할 길에 대해 진지하게 고민했다. 지
나간 일들은 배에 띄워 멀리 바다로 떠나보내기로 마음먹었다.

과연 다시 일어설 수 있을까? 두렵기도 했다. 그러나 나는 내 자신
을 믿었다. 스스로 포기만 하지 않으면 기회는 분명히 찾아올 거라고
생각했다.

제4장

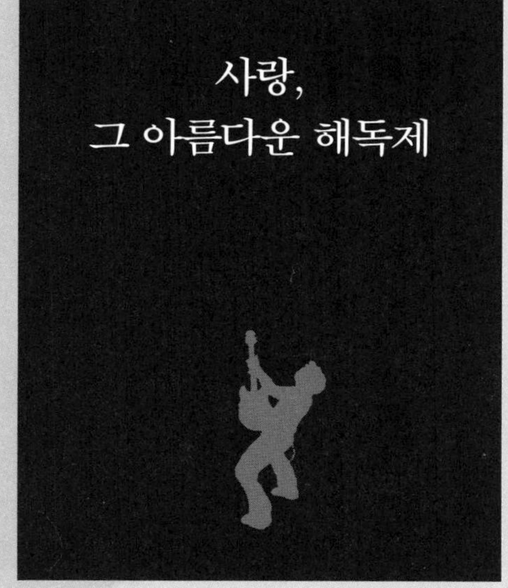

조금은 신기하다는 표정으로 내 이야기에 귀를 기울이는 윤희를 보면서 나는 천사가 있다면 바로 저런 얼굴을 하고 있을 거라는 생각을 얼핏 했다. 늦가을의 하늘빛처럼 맑고 고운 눈빛, 갓난아이 만큼이나 투명한 피부, 조용조용한 목소리의 윤희는 방송국에서 볼 때보다 더 고와 보였다.

막다른 길에서 새로운 길을 찾다

한강 고수부지는 퇴계원의 작은 집이나 마찬가지였다. 다른 점이 있다면 물고기가 아니라 사람들과 대화를 나누었다는 것이다.

내가 기타를 치며 노래를 부르고 있으면 하나둘 사람들이 모여들었고, 노래가 끝날 때마다 환호와 함께 박수를 보내왔다. 응원의 박수였다. 희망이 생겼다. 힘이 솟아올랐다. 역시 나는 음악을 떠나서는 살 수 없는 사람이었다.

나는 노래 연습을 하다 악상이 떠오르면 오선지에 옮기곤 했다. 이때 작곡한 노래가 김태화 선배가 부른 「뛰어」와 인순이가 부른 「눈물의 편지」 등인데 뜻밖에도 팬들에게 좋은 반응을 얻었다.

내가 집에서 쉬며 곡을 만들고 있다는 소문이 퍼지자 예전에 함께 활동했던 친구들이 찾아와 다시 그룹을 하는 것이 어떻겠느냐고 제안했다. 특히 백두산 멤버들은 팀을 재결성해 못다 이룬 꿈을 펼쳐 보자고 나를 설득했다. 그러나 나는 다시 그룹을 꾸릴 마음이 없었다. 그룹 활동을 하면 깊이 있는 음악을 할 수는 있었지만, 내 꿈을 펼치기엔 적합지 못했다.

음악 친구들뿐만 아니라 매니저를 맡아 달라고 찾아오는 사람들도 꽤 있었다. 어떤 신인 가수는 여러 번 나를 찾아와 몇 천만 원을 내놓을 테니 인기 가수로 키워 달라고 조르기도 했다. 그러나 매니저 역시 하고 싶은 일이 아니었다. 남의 뒷바라지를 한다는 것이 얼마나 힘든지 충분히 경험한 나였다. 그 신인 가수는 내가 지연이를 정상급 가수로 키웠기 때문에 내 힘을 빌리면 자신도 클 수 있을 거라고 생각했던 모양이었다. 지연이가 떠난 후 빈털터리가 됐으니 돈으로 유혹하면 쉽게 넘어올 거라는 생각도 했었던 것 같다. 하지만 나는 돈을 벌려고 매니저 노릇을 한 것이 아니었다. 지연이를 통해 내 자신의 음악 세계를 펼쳐보이고 싶었던 것뿐이었다.

당시 작곡가와 솔로 가수 중에서 쉽게 선택을 하지 못하고 고민하던 나는 친구들의 진심 어린 조언을 듣고 가수로 나서기로 결심했다. 특히 백두산 멤버들은 "우리와 함께 음악을 하지 않아도 괜찮다. 혼자라도 좋으니 노래를 해보라."고 강하게 권했다.

그러던 어느 날 나는 우연히 나훈아, 남진 선배의 공연을 보게 되었다. 정말 열심히 노래를 부르는 두 분의 모습을 보면서 나는 알 수 없는 감동을 느꼈다. 두 분의 노래에는 가뭄 끝의 단비처럼 사람들의 마음을 촉촉이 적셔주는 깊은 울림과 무게가 있었다.

트로트 가수. 또 다른 도전이었다. 물론 갈등이 아주 없었던 것은 아니었다. 사람들의 시선이 두렵기도 했다. 그들은 헤비메탈을 하다 트로트 가수로 변신한 나를 어떻게 볼까? 돈을 벌려고 별짓 다한다고 욕하지는 않을까?

하지만 나에게는 도전과 모험을 즐기는 습성이 있는 듯했다. 여행도 길을 잃어버리는 여행을 좋아하는 나였다. 두려움보다는 호기심이 더 컸고, 성인 가요에 대한 매력도 새로운 세계로 걸어 들어가려는 내 발걸음을 가볍게 해주었다.

트로트는 우리의 정서가 고스란히 담겨 있는 장르다. 선천적으로 타고나지 않으면 부를 수 없는 노래가 바로 트로트이기도 하다. 다시 헤비메탈을 하는 데 있어서도 트로트 가수로 활동하던 시절 배웠던 것들이 큰 도움을 주고 있다. 그리고 어차피 음악은 장르와 상관없이 하나로 통하는 것 아닌가?

우연히 만난 운명,
아름다운 여자 최윤희

갈 길은 정했지만 아직 문제가 남아 있었다. 과연 누구와 손을 잡는 것이 좋을까. 나는 친분이 있는 얼굴들을 떠올려봤다. 백두산 시절 매니저였던 J씨, 친동생처럼 나를 아껴주는 매니저 K씨와 A씨 등.

그러다 유난히 인상이 강한 얼굴과 마주쳤다. 바로 대하기획의 장의식 사장현재 (주)아이스타뮤직 대표이었다. 조용필 선배의 매니저였고, 박남정과 이정석, Mr. 2 등을 배출해 낸 장의식 사장은 가요계에서는 의리 있는 사람으로 소문이 나 있었다.

장 사장은 배짱이 두둑하고 성격이 화끈했다. 또 어려운 후배들이 찾아오면 끝까지 돌봐주었다. 마치 주먹 세계의 보스 같았다.

나는 다음 날 장의식 사장을 찾아가 솔로 가수로 나설 계획인데 도와달라고 부탁했다. 같이 일하고 싶다는 의사를 표시한 것이다.

"잘 생각했어."

장 사장은 흔쾌히 내가 내미는 손을 잡았다. 그는 재능 있는 친구가 엉뚱한 곳에서 헤매는 것 같아 안타까웠다며 나를 조용필 선배보다 더 훌륭한 음악인으로 만들고 싶다고 말했다.

"열심히 하겠습니다."

나는 힘주어 말했다. 나를 믿어주는 장 사장이 고마웠다.

이렇게 해서 나는 매니저에서 가수로 되돌아왔다. 몇 달 전까지 동료였던 장의식 사장이 이제는 내 매니저였다.

장 사장은 조용필 선배에게 내 자랑을 많이 한 모양이었다. 조용필 선배는 장 사장과 함께 찾아온 나를 보고 부드럽게 웃으며 말했다.

"곡 준비는 잘돼 가? 뭐, 능력이 있으니까 잘되겠지. 열심히 해. 녹음할 때는 내가 모니터를 해줄게."

조용필 선배의 말은 내게 큰 힘이 되었다.

며칠 후 장 사장이 앞으로의 일정을 논의하고 싶다며 하얏트호텔에서 만나자는 연락을 해왔다. 나는 약속 시간에 맞춰 하얏트호텔 커피숍으로 갔다. 장 사장은 여자 두 명과 함께 앉아 있었다. 나는 인사를 하고 마주 앉았을 때에야 비로소 두 여자 중 한 명이 최윤희라는 것을 알았다.

그전에도 윤희와 나는 이상하리만큼 자주 방송국에서 만났다. 윤희는 나와 마주칠 때마다 가볍게 고개를 숙이며 인사를 했다.

"안녕하세요, 또 뵙네요."

그 모습이 참 곱게 느껴졌다. 내가 좋아했던 육영수 여사와 많이 닮았다는 생각도 들었다. 하지만 윤희 곁에는 늘 어머니가 있었고, 나는 회사 직원이나 지연이와 함께 있어서 짧게 인사만 나누고 지나쳤다.

사업 문제로 윤희를 만난 장 사장은 이야기가 끝나자 우리를 레스토랑으로 데려갔다. 윤희와 함께 나온 대학 선배 안희경 씨는 이날 우연히 참석한 것이 계기가 되어 우리들의 만남에서부터 결혼까지 모두 지켜본 가장 확실한 증인이 되었다.

우리 네 사람은 식사를 마친 후 노래를 들을 수 있는 라이브 카페로 자리를 옮겼다. 그대로 헤어지기에는 분위기가 너무 좋았기 때문이었다. 우리는 천천히 차를 마시며 이야기를 나누었다. 나는 음악 이야기를, 장 사장은 사업 이야기를 많이 했다. 윤희와 희경 씨는 말을 하기보다는 주로 듣는 편이었다. 조금은 신기하다는 표정으로 내 이야기에 귀를 기울이는 윤희를 보면서 나는 천사가 있다면 바로 저런 얼굴을 하고 있을 거라는 생각을 얼핏 했다. 늦가을의 하늘빛처럼 맑고 고운 눈빛, 갓난아이만큼이나 투명한 피부, 조용조용한 목소리의 윤희는 방송국에서 볼 때보다 더 고와 보였다. 참 아름다운 여자였다.

그때 장 사장은 무슨 생각을 했는지 나에게 노래를 시켰다. 나는 준비 중인 신곡을 반응도 살필 겸 들려주었다. 뜻밖에도 모두들 좋다고 했다. 훗날 윤희는 내 노래를 듣고 '가슴에 한이 많은 사람'이라는 느낌을 받았다고 털어놓았다.

윤희에게도 몇 번 노래를 시켰지만 계속 사양했다. 노래를 하는 것보다는 듣는 편이 훨씬 더 좋다며. 윤희의 가늘고 예쁜 손가락을 보면서 저런 여자가 어떻게 운동을 했을까, 하는 의문이 들었다.

윤희는 10시가 가까워 오자 이제 그만 일어서야 한다고 말했다. 당시 윤희의 귀가 시간이 저녁 10시였다. 아쉬웠지만 어쩔 수 없는 일이었다.

우리는 카페를 나와 주차장 쪽으로 걸어갔다. 나와 장 사장, 윤희는 차를 가지고 있었지만 희경 씨에게는 차가 없었다. 나는 희경 씨에게 어디 사느냐고 물어보았다. 마포에 산다는 대답이 돌아왔다.

"저도 마포에 사는데 잘됐네요. 제가 모셔다 드리겠습니다."

나는 윤희와 연결될 수 있는 끈을 놓치고 싶지 않아 재빨리 말했다. 잘하면 희경 씨를 통해 윤희를 다시 만날 수도 있겠다는 생각이 들었던 것이다.

"고맙습니다."

내가 차 문을 열자 희경 씨는 망설임 없이 조수석에 올랐다. 나는 기쁜 마음으로 희경 씨를 집에까지 바래다주었다. 그녀의 집은 내가 일하는 사무실과 가까운 곳에 있었다.

나는 명함을 꺼내 그녀에게 건넸다.

“제 사무실이 홀리데인 서울 앞에 있습니다. 언제 한번 들르세요. 제가 맛있는 음식 대접할게요.”

“네. 그럴게요. 바래다주셔서 감사합니다.”

희경 씨는 밝은 목소리로 대답하고 차에서 내렸다.

두 사람이 꾸는 하나의 꿈

희경 씨가 나를 찾아온 것은 바로 다음 날이었다. 전혀 예상하지 못했던 일이었다. 그녀는 오후 3시쯤 전화를 걸어 사무실 근처에 있는데 들러도 되냐고 물었다. 나는 언제든지 환영한다고 반갑게 말했다. 사무실에 오라고 한 사람이 나였으니 오지 말라고 할 수는 없는 노릇이었다.

15분 정도 지나자 희경 씨가 사무실을 찾아왔다. 그런데 혼자가 아니었다. 윤희도 함께였다. 나는 조금 놀랐지만 태연하게 말했다.

"잘 오셨습니다. 마침 오늘 새 차를 뽑았거든요. 가시죠. 태워 드릴게요."

나는 두 사람을 데리고 주차장으로 갔다. 물론 내 옆자리는 윤희 차지였다. 희경 씨는 뒤에 태웠다.

시승식 겸 서울 시내를 한 바퀴 돌고 돌아온 나는 두 사람에게 저녁을 대접했다. 헤어질 때 윤희가 내게 다음번에는 자기가 밥을 사겠다고 말했다.

하지만 그날 이후 우리는 한동안 만나지 못했다. 나는 신곡 준비로, KBS와 일본 후지TV의 리포터였던 윤희는 방송 일로 서로 바빠 만날 시간이 없었다.

그렇게 보름쯤 지났을 무렵 윤희가 꿈에 나타났다. 나는 하얀 드레스를 입고 어디론가 하염없이 걸어가는 윤희를 쫓아가다 잠에서 깨어났다. 알 수 없는 일이었다. 이제 겨우 두 번밖에 만나지 않은 사람이 왜 꿈에 나타나는 것일까. 그러나 의문도 잠깐, 나는 꿈을 꾸었다는 사실조차 잊어 버렸다.

며칠 후 나는 MBC 로비에서 우연히 윤희와 마주쳤다. 그녀를 보는 순간 온몸에 소름이 돋았다. 옷차림이 꿈에서 봤던 것과 똑같았던 것이다. 이상한 생각이 들었지만 뭐라고 말할 수도 없었다. 말수가 적은 윤희가 오히려 나를 붙잡고 신곡 준비는 잘돼 가는지, 녹음은 언제 들어가는지 등등 여러 가지를 물었다. 나는 짧게 짧게 대답했다. 바빠 보이는 그녀가 안쓰러웠던 것이다. 그날 우리는 서로 전화번호를 주고받고 헤어졌다. 언제 전화를 하겠다는 약속도 없이.

윤희와 헤어져 돌아오는 내내 수첩을 꺼내 전화번호를 열심히 받아 적던 윤희의 가느다란 손가락이 머릿속을 떠나지 않았다. 파란 정맥이 보이는 손등 밑으로 곱게 뻗어내린 긴 손가락, 그 손가락이 가늘게 떨리고 있음을 느낌으로 알 수 있었다.

그때부터 전화기가 눈에 띄기만 하면 윤희의 번호를 누르고 싶은 충동이 세차게 솟구쳤다. 그러나 나는 냉정하게 마음을 다잡았다. 나와 윤희는 어울리지 않는 사람들이었다. 살아온 길도 달랐고, 무엇보다 나이 차가 너무 컸다. 그녀에게 느꼈던 호감마저 사치스러운 감정이라는 생각이 들었다. 나와 만나면 아직 어린 그녀가 큰 상처를 입을 수도 있었다. 그녀를 위해서라도 내 헛된 욕심을 버려야 했다.

그러나 만날 사람은 언젠가는 만나게 되어 있는 모양이었다. 마치 운명처럼. 나와 윤희는 서로 텔레파시가 통하는 사람들이었다. 윤희의 전화를 받은 날, 잠에서 깨어나자마자 오늘은 그녀를 만날 수 있을 것 같다는 예감이 들었다. 전화벨이 울리기 시작한 것은 바로 그 순간이었다. 예감대로 윤희였다. 그녀가 들려준 이야기는 나를 더욱 놀라게 했다. 꿈에서 나를 봤는데 내가 정장을 입고 바쁘게 어디론가 걸어가더라는 것이다. 예전에 내가 꿨던 윤희의 꿈과 똑같았다. 등에서 식은땀이 흘렀다. 어떻게 두 사람이 같은 꿈을 꿀 수 있단 말인가?

그날 우리는 강남의 작은 커피숍에서 만났다. 오랜만에 보는 얼굴이었다. 반가웠다. 하지만 마음과는 달리 나는 아무 말도 할 수 없었다. 그녀를 만나는 순간 그동안 나를 괴롭혔던 많은 갈등이 거짓말처럼 사라져버렸다.

나는 분명히 알 수 있었다. 윤희는 내가 갖기엔 너무나 아깝고 소중한 사람이었다. 그녀와 마주 앉아 있는 것은 물론 기쁜 일이었다. 그러나 앞으로 어떻게 해야 좋을지 판단이 서질 않았다. 그녀와 함께할 자신이 없었다.

나중에 안 사실이지만 윤희도 처음에는 나와 같은 생각을 했었다고 한다. 그러나 좀처럼 꿈을 꾸지 않는데 꿈에서 나를 본 후 묘한 기분을 느꼈다고 했다. 그것도 한 번이 아니라 계속해서 나타나자 당황스러웠다고 했다.

윤희와 헤어져 집에 돌아온 나는 그녀의 전화번호를 찢어버렸다. 그것이 내가 윤희에게 베풀 수 있는 최소한의 배려라고 생각했다. 나에게 오면 청자 빛깔처럼 고운 윤희는 사람들의 입방아에 망가지고 부서질 것이었다.

나는 문득문득 나타나 마음을 어지럽히는 윤희의 모습을 머릿속에서 지우기 위해 녹음 작업에 매달렸다. 녹음이 끝나면 친구들을 불러내 음악 이야기를 하며 시간을 보냈다. 혼자 있기 싫었다.

그래도 자꾸 윤희의 얼굴이 눈앞에서 서성거려 도저히 참을 수 없을 때면 윤희를 처음 만났던 하얏트호텔 커피숍으로 달려갔다. 그녀가 앉아 있던 창가 자리에는 처음 보는 낯선 사람이 앉아 있었다. 나는 그 낯선 사람의 얼굴 위로 떠오르는 윤희의 얼굴을 멍하니 바라보다 되돌아오곤 했다.

윤희가 사무실로 나를 찾아온 것은 한참 후의 일이었다. 그녀는 희경 선배와 근처에 볼일이 있어 왔는데 잠깐 들러도 되겠느냐고 물었다. 오랜만에 듣는 목소리였다. 그동안 억지로 참아왔던 윤희에 대한 그리움이 봇물 터지듯 터져나왔다. 나는 이제는 어쩔 수 없다고 생각했다. 사랑이란 참는다고 해서 참아지는 것이 아니었다.

그날부터 나는 거의 매일 윤희를 만났다. 설날에는 함께 떡국을 먹었고, 함박눈이 내리던 어느 날에는 포천의 베어스타운 스키장으로 설경을 보러 가기도 했다. 우린 자주 만나면서 성격이나 취향이 서로 비슷하다는 것을 알았다. 좋아하는 것, 싫어하는 것, 먹고 싶은 것, 갖고 싶은 것이 똑같을 때가 많아 깜짝 깜짝 놀라곤 했다.

내가 윤희를 피했던 가장 큰 이유는 13세라는 나이 차 때문이었다. 나는 괜찮지만 윤희 입장에서는 넘어서기 힘든 짐일 수도 있었다. 그녀가 나로 인해 불행해진다면 나 역시 불행해질 수밖에 없었다.

하지만 어느 순간부터 윤희와 일정한 거리를 두어야 한다는 생각이 달아나버렸다. 윤희를 만나면 만날수록 그녀에게 더 가까이 다가가는 자신을 어쩔 수 없었다.

다섯 살 때 수영을 시작한 윤희는 세상을 잘 몰랐다. 나는 이 세상에는 열심히 일하는 사람들이 많다는 것을 보여주기 위해 새벽에 윤희를 불러내 수산시장에 데려갔다. 윤희는 이른 새벽부터 짐을 들쳐 메고 뛰어다니는 사람들을 보더니 눈을 동그랗게 떴다.

"지금이 몇 신데 저렇게들 열심히 일하는 거죠?"

윤희가 혼잣말하듯 물었다. 나는 근처 식당에 들어가 그녀와 함께 해장국을 먹으며 우리도 저 사람들처럼 치열하게 살아야 할 때도 있을 거라고 말해 주었다. 윤희는 내 말을 충분히 이해한 듯했다.

그녀는 내가 일부러 싸구려 식당에 데리고 다니고, 싸구려 옷을 사서 선물해도 불평 한마디 하지 않았다. 부잣집에서 태어나 어려움을 모르고 자란 그녀였다. 왜 좋은 것, 비싼 것을 갖고 싶은 욕심이 없겠는가? 그러나 윤희는 욕심을 다스릴 줄 아는 지혜로운 여자였다.

누구도 막지 못한 운명적 사랑

윤희와 조심스럽게 사랑을 키워가던 4월 중순 어느 날이었다. 갑자기 윤희가 전화를 걸어 다급한 목소리로 말했다.

"아무래도 어머니가 눈치를 챈 것 같아요."

어머니가 느닷없이 그녀를 부르더니 "너 어떤 남자와 동거한다는 소문이 돌던데, 어떻게 된 거냐?"고 물어보더라는 것이다. 물론 어머니는 하도 어이없는 소문이라 지나가는 말로 물어보셨겠지만, 그녀는 어쩐지 가슴이 철렁 내려앉았다고 했다.

윤희는 저녁 10시 전에는 반드시 집에 들어갔고, 어머니는 윤희가 들어오는 것을 본 후에야 잠자리에 들었다. 또 윤희가 방송 일을 할 때는 매니저처럼 따라다녀 누구보다도 윤희의 생활을 잘 알고 있었다. 언젠가 윤희와 함께 슈퍼마켓에 갔던 적이 있는데, 누군가가 그 모습을 보고 어머니에게 전화를 걸어 '남자와 동거하고 있다.' 는 식으로 말했던 것 같다.

어쨌든 그 후로 어머니는 더 철저하게 윤희를 챙기기 시작했고, 우리의 관계도 곧 알려지게 되었다. 윤희가 핸드백 속에 넣어두었던, 우리 두 사람이 찍은 사진을 어머니가 본 것이었다. 윤희는 어머니가 두 사람이 사귀는 것 맞느냐고 물을 때 긍정도 부정도 하지 않았다고 했다. 윤희의 태도를 보고 나와 어떤 관계인지 알게 된 어머니는 단호하게 반대 의견을 나타냈다고 한다. 그동안 방송국에서 여러 차례 마주쳤기 때문에 어머니는 내 얼굴을 알고 있었다. 13세라는 나이 차, 가수라는 내 직업이 못마땅했을 것이다. 더군다나 나는 가진 것이 별로 없는 사람이었다.

집안의 반대가 심하다는 이야기를 듣고 나는 갈등을 느꼈다. 과연 어떻게 하는 것이 사랑하는 사람을 위한 길인가? 계속 만나는 것이 옳은가, 아니면 헤어지는 것이 옳은가?

오랜 고민 끝에 내린 결론은 그녀를 놓아주자는 것이었다. 집안의 반대 때문만은 아니었다. 내 나이가 5년만 어렸어도 그런 결정은 내리지 않았을 것이다. 오히려 윤희의 집에 쳐들어가 당당하게 말했을 것이다. 윤희를 내게 달라고. 하지만 너무 많은 나이 차가 내 발목을 붙들었다.

나는 윤희를 불러내 이제 그만 헤어지자고 말했다. 윤희는 어리둥
절한 표정으로 나를 쳐다보더니 따지듯이 물었다.

"이유가 뭐죠?"

나는 아무 말도 하지 않았다. 너를 위해 내린 결정이라고, 어떻게
말할 수 있겠는가?

내가 입을 다물고 있자 윤희는 단호한 목소리로 딱 부러지게 말
했다.

"오빠와 내 마음에 틈이 생겼으면 헤어질 수도 있겠지요. 하지만
어머니가 반대한다고 해서 헤어져야 한다는 것은 이해할 수 없는 일
이에요. 우리 두 사람이 나쁜 짓을 저지르고 있는 것도 아니잖아요?
우리의 행복은 우리가 만들어가는 거예요. 누구도 우리를 행복하게
만들 수 없어요."

윤희의 생각은 확고했다. 나는 모든 책임을 내 쪽으로 돌리고 싶어
"신곡 녹음을 해야 하니 당분간 만나지 말자."고 말했다. 그녀가 내
곁을 떠나 어머니가 원하는 조건 좋은 남자와 결혼했으면 하는 것이
솔직한 바람이었다. 그녀의 순수한 마음을 잠깐이나마 가져봤다는 것
만으로도 나는 충분히 행복할 수 있을 것 같았다.

하지만 최 씨답게 윤희의 고집과 집념은 무서울 정도로 대단했다.
한번 결정하면 쉽게 물러서지 않았다. 윤희가 1982년 인도 뉴델리 아

시안게임에서 금메달을 3개나 목에 걸고, 1986년 서울 아시안게임에서도 2관왕에 오를 수 있었던 이유를 알 것 같았다.

윤희는 당분간 만나지 말자는 내 말을 받아들이지 않았다. 계속 나를 찾아와 내 마음을 돌리려고 갖은 애를 썼다. 그래도 내가 태도를 바꾸지 않자 눈물을 글썽이며 돌아갔다.

나는 사라지는 그녀의 뒷모습을 멍하니 바라보았다. 그녀와 함께했던 날들이 날카로운 비수처럼 가슴을 찔렀다. 쫓아가서 그녀를 붙잡고 싶었지만 이를 악물고 참았다. 윤희를 보내는 것이 그녀를 사랑하는 길이라고 믿었기 때문이었다.

나는 노래 연습을 하다 가슴이 터질 듯 답답해지면 윤희와 자주 갔던 경복궁과 과천국립현대미술관 등을 찾아갔다. 윤희와 함께 감상했던 그림들을 다시 보고 있으면 마치 그녀를 보는 것처럼 기분이 좋아졌다. 그러나 이러한 내 노력은 어느 날 우연히 윤희와 만나면서 또다시 물거품이 되고 말았다.

그날도 나는 노래도 잘 되지 않고 마음도 어수선해 사무실을 뛰쳐나와 국립현대미술관을 찾아갔다. 그곳에는 마치 약속이라도 한 것처럼 윤희가 와 있었다. 참으로 기묘한 인연이었다. 너무 놀란 우리는 한동안 아무 말도 하지 못하고 서 있었다.

무엇이 우리 두 사람을 묶어놓는 것일까? 우연인가, 인연인가? 그

때 나는 가느다란 운명의 끈이 우리 두 사람을 이어주고 있다는 것을 어렴풋이 느꼈다.

우리는 어둠이 깔리기 시작하는 대공원 호수 주변에 앉아 이야기를 나누었다. 그녀는 울먹이는 목소리로 내가 꿈에 보여 마음이 뒤숭숭해 찾아왔다고 말했다.

나는 조금은 착잡한 심정으로 윤희를 바라보았다. 오뚝한 코, 거짓말이라고는 한마디도 하지 못할 것 같은 맑은 눈, 갸름한 턱. 문득 그녀가 단지 사랑하는 사람이 아니라 먼 길을 함께 걸어갈 동반자처럼 느껴졌다.

나는 생각을 바꿔 이제 다시는 윤희와 헤어지지 않겠다고 다짐했다. 우리는 모든 일을 절대로 헤어지지 않는다는 전제하에 해나가기로 약속했다. 윤희의 의지는 단단했다. 그녀는 나를 만나는 순간 이미 좀 더 좋은 것, 훌륭한 것에 대한 욕심을 버렸다고 말했다. 나는 그때 처음으로 진지하게 윤희와의 결혼을 생각했다.

이 결혼 인정할 수 없네
상대가 돼야지!

윤희가 나를 만나면서 당했던 고통은 이루 말할 수 없을 정도였다. 때로는 어머니가 너무한다는 생각이 들기도 했다. 그러나 딸 가진 부모라면 당연히 그럴 수 있는 일이라 여기고 끝까지 참고 이해하려 했다.

당시 나는 윤희와 손을 잡고 데이트를 해본 적이 없었다. 항상 10미터 정도 떨어져서 걸었다. 윤희는 뛰어난 수영 실력과 외모로 지금의 김연아 선수만큼이나 인기가 많았던 국민적인 스타였다. 모든 사람들에게 사랑을 받았고, 받고 있고, 앞으로도 받을 여자였기 때문에 나는 늘 조심스럽게 행동했다. 연극도 손님이 들지 않은 것들만 골라서 봤다. 어두운 공연장에 들어가면 두 사람이 손을 꼭 잡고 앉아 있을 수 있어서 좋았다.

윤희는 이때 거의 매일 내 꿈을 꾸었다고 한다. 내가 꿈에서 좋지 않은 모습으로 나타나면 전화를 걸어 "오늘은 조심하세요."라고 말해주었다. 우리는 틈틈이 시간을 내서 경기도 포천의 산정호수나 설악산 등지를 찾기도 했다. 윤희는 물은 싫어했지만 바다는 좋아했다. 특히 바다를 뚫고 솟아오르는 아침 해를 보면 희망과 용기가 생긴다고 말했다.

그러던 어느 날 마침내 윤희 어머니와 정면으로 맞닥뜨리고 말았다. 윤희와 데이트를 하고 차로 집에 바래다주는데, 집 앞 골목길에서 어머니가 윤희를 기다리고 있었다. 나는 이왕 이렇게 된 거 피하고 싶지 않아 차 문을 열고 나가 정중하게 인사를 했다. 하지만 어머니는 나를 쳐다보지도 않았다. 윤희의 손을 잡아끌며 찬바람이 도는 목소리로 이렇게 말했다

"윤희야, 상대가 돼야지."

그러고는 차갑게 돌아서서 윤희를 데리고 들어갔다. 어머니의 손에 잡혀 끌려가던 윤희는 안타까운 눈빛으로 나를 돌아보았다. 내가 마음 아파하지 않을까 걱정하는 모습이 오히려 안쓰러웠다.

어머니의 반응이 예상했던 것보다 심각해 당혹스러웠던 것은 사실이다. 하지만 나는 더 이상 물러서고 싶지 않았다. 나 하나만 믿고 있는 윤희에게 또다시 상처를 줄 수는 없었다.

윤희와의 결혼을 반대하는 것은 윤희 어머니뿐만이 아니었다. 장의식 사장도 이제 곧 앨범이 나올 텐데 스캔들이 터져서는 안 된다며 극구 반대했다. 우리는 사람들의 눈을 피해 전화로 만날 수밖에 없었다.

그런 가운데 4월 말에 앨범이 나왔다. 타이틀곡은 「갈 사람」으로 정했다. 예당음향의 변대윤 대표는 노래를 듣더니 50만 장이 안 나가면 자기가 팔겠다고 말했다. 장의식 사장도 「갈 사람」에 큰 기대를 걸었다.

앨범이 나오던 날 나는 포장도 되지 않은 판을 들고 윤희를 만나러 갔다. 디스크를 받아든 윤희는 나보다 훨씬 더 좋아했다. 윤희는 앨범 한 장 내기가 이렇게 어려운 줄 몰랐다며 내 디스크를 처음 받았을 때의 기쁨을 수영대회에서 신기록을 냈을 때의 기쁨과 비교했다.

신곡이 나와 홍보를 시작하면서 윤희와 나는 더욱더 조심스럽게 행동했다. 내가 텔레비전에 출연하기 시작하면 얼굴이 알려질 것이고, 만약 기자들 눈에 띄기라도 하면 빠져나갈 구멍이 없었던 것이다. 윤희 어머니는 나를 만난 후 사소한 부분까지 간섭해 윤희는 개인적인 시간을 전혀 갖지 못했다. 결국 우리는 절벽 끝에 선 꼴이 되고 말았다.

이제 어떻게 할 것인가?

몇날 며칠을 고민한 끝에 내린 결론은 '결혼'이었다. 우리의 사랑을 지키기 위해서, 우리들만의 결혼식을 올리기로 결정한 것이다.

　윤희와 결혼을 약속하던 날, 나는 그녀를 차에 태우고 충남 목천 독립기념관 옆에 있는 할머니 묘소를 찾아갔다. 유관순의 후손이었던 아버지는 고향인 대전과 가까운 목천에 할머니를 모셨다.
　나는 할머니 묘 앞에 소주 한잔 따라놓고 마음속으로 기도했다.
　'할머니, 우리 두 사람 부부가 되게 해주세요. 꼭 도와주세요.'
　나는 평소에도 마음이 괴롭거나 어지러우면 할머니의 묘소를 찾곤 했다. 할머니 묘를 바라보고 있으면 내가 원하는 것은 무엇이든 다 들어줄 것 같은 포근함이 느껴졌다. 할머니는 음악 하는 아버지를 밀어줄 만큼 트인 분이었다. 또 어린 우리들에게는 원하는 것을 다 들어주었던 마치 신과 같은 분이었다.
　어디선가 날아온 까치 두 마리가 윤희와 내가 잔을 올린 묘 주변을 날아다니다 우리가 산을 내려가자 다시 어디론가 사라졌다. 까치가 울면 반가운 손님이 온다는데, 이제 우리에게도 좋은 일이 생길 것 같은 느낌이 들어 윤희와 나는 가벼운 발걸음으로 집에 돌아왔다.

전격 비밀결혼 대작전

우리 둘만이라도 결혼식을 올리자고 윤희와 약속했지만, 무엇을 어떻게 해야 할지 막막하기만 했다. 나는 이 사실을 알면 크게 노여워하실 어머니를 과연 설득할 수 있을까, 하는 걱정에 며칠 밤을 뜬눈으로 새우기도 했다. 하지만 어차피 할 결혼이라면 서두르는 편이 나았다. 질질 끌다 보면 누군가는 눈치 챌 수밖에 없었다. 또 장소는 사람들의 눈길이 적은 한적한 곳이 좋았다.

나는 마땅히 떠오르는 장소가 없어 내 모든 이야기를 털어놓을 수 있는 스포츠서울 연예부 이기종 기자를 찾아갔다.

"형님, 사랑하는 사람이 생겼습니다. 저 좀 도와주십시오."

나는 대뜸 이기종 기자에게 말했다. 내 상황을 잘 알고 있는 이 기자는 눈살을 찌푸리며 물었다.

"너 지금 앨범 준비하고 있잖아. 노래해야 하는 거 아냐?"

"형님. 그 친구, 노래보다 더 소중한 사람이에요. 정말 놓치고 싶지 않아요."

"뭐야? 누군데?"

"만약 제가 결혼하게 되면 형님이 도와줘야 해요."

"언제 하려고?"

"될 수 있는 대로 빨리 하려고요."

"도대체 누군데 그러냐니까?"

"수영선수 최윤희에요."

"뭐?"

이기종 기자는 뜻밖이라고 생각했는지 나를 똑바로 쳐다보며 물었다.

"정말이야? 너, 농담하는 거 아니지?"

"사귄 지 6개월 정도 됐어요."

"부모님 허락은 받았어?"

"아니요. 반대가 너무 심해서 우리끼리 올리려고요."

이기종 기자는 순간 멈칫했다. 그러나 곧 무슨 생각이 들었는지 도와줄 테니까 잘 살 수 있느냐고 물었다. 특종에 대한 기자로서의 욕심, 그리고 형으로서 나를 도와주고 싶은 마음이 복합적으로 작용한 것 같았다.

“약속할 수 있어요. 이제부터 더 열심히 살 거예요.”

“내가 너를 아니까 믿고 해보마.”

이기종 기자는 일단 돌아가서 결혼 준비를 하고 있으면 연락하겠다고 말했다.

그때부터 나는 윤희와 함께 돌아다니며 드레스를 맞추고 결혼반지를 샀다. 부케도 준비했다. 그러다 문득 꼭 이렇게 결혼을 해야 하나, 하는 생각이 들었다. 남들이 부러워할 정도로 화려한 결혼식을 올려주지 못해 윤희에게 미안했다.

세상에 양가의 축복 없이 비밀결혼을 하고 싶은 사람이 어디 있겠는가? 사실 나는 화려한 웨딩드레스를 입은 윤희와 손을 잡고 많은 하객들의 박수를 받으며 식장을 걸어 나오는 모습을 수없이 그려봤었다. 하지만 그것은 도저히 이룰 수 없는 꿈이었다.

윤희는 내 표정이 어두워지면 일부러 밝게 웃으며 장난을 걸어와 내 마음을 더욱 아프게 했다. 그럴 때마다 나는 평생 윤희를 행복하게 해주겠다고 다짐하고, 또 다짐했다.

며칠 후 이기종 기자에게서 연락이 왔다. 그는 식장을 잡았으니 현충일인 6월 6일 아침 10시까지 워커힐호텔 주차장으로 나오라고 했다. 그러나 결혼식장이 어디인지는 끝내 알려주지 않았다.

나와 윤희는 이기종 기자만 믿고 작곡가 이건우, 윤희 선배 양희경

씨와 함께 드레스와 결혼반지 등을 챙겨 약속 장소로 갔다. 호텔 주차
장에는 뜻밖에도 가수 이승철과 이호연 사장_{현 DSP미디어 대표이사}, 백민
사장_{현 BIG엔터테인먼트 대표}, 작곡가 하광훈 등이 나와 있었다. 이기종 기
자가 우리들의 결혼식 증인 겸 하객이 되어 달라고 부른 것이었다.

이기종 기자가 앞장을 서고 나머지 사람들이 그 뒤를 따라갔다. 나
는 혹시나 해서 백두산 멤버였던 창식이에게 비디오카메라를 가져와
서 우리들의 결혼식 장면을 찍으라고 말했다. 그런데 창식이가 우리
를 쫓아오다 엉뚱한 길로 빠지는 바람에 남아 있는 자료라고는 이기
종 기자가 찍은 사진 몇 장뿐이다.

이기종 기자가 우리들 데려간 곳은 경기도 남양주군 광릉에 있는
절 봉선사였다. 마침 현충일 행사로 주지 스님이 출타 중이어서 혜등
스님이 주례를 섰는데 머리에 핏자국이 남아 있었다. 갑자기 주례를
맡게 되어 급하게 머리를 깎다가 베인 모양이었다.

결혼식은 20여 분 동안 진행됐다. 한참 주례사를 하던 스님이 "양
가의 허락"이라는 말을 할 때는 가슴이 뜨끔했다. 윤희는 학원에 간
다며 평소 입던 옷에 가방 하나만 달랑 들고 집을 나왔고, 나는 방송
국에 간다며 차를 몰고 나왔기 때문에 결혼식이 끝날 때까지 양쪽 집
안에서는 전혀 모르고 있었다.

나는 장의식 사장에게 말할까 말까 많이 망설였지만 결국 알리지
않았다. 성격이 불같은 장 사장이 알았다면 분명 결혼을 하지 못하게

막았을 것이다.

　20여 분 만에 식이 끝나자 왠지 모르게 허탈했다. 온몸의 기운이 다 빠져나간 것 같았다. 부모님 몰래 결혼식을 올렸다는 죄책감도 나를 옥죄어왔다. 하지만 옆에 있는 윤희를 위해서 나는 즐거운 표정을 지어야 했다.

　폐백을 할 수 없는 상황이라 우리는 하객들과 사진 몇 장을 찍고 식을 마쳤다. 우리 일행은 봉선사를 나와 포천에 있는 베어스타운스키장 음식점으로 갔다. 피로연을 하기 위해서였다. 처음엔 무슨 일인지 모르고 따라온 하객들이 축의금을 걷어 내게 건네주었다. 축하한다는 말, 행복을 비는 인사도 잊지 않았다. 고마웠다.

　그러나 세상에 영원한 비밀이란 없는 듯했다. 식당에 들어간 윤희가 음식점 주인과 반갑게 인사를 나누는 것을 보고 놀란 나는 누구냐고 물었다. 윤희는 수영할 때 자신을 지도했던 다이빙코치라고 말했다.

　다이빙코치는 드레스도 아닌 흰색 투피스를 입고 있는 윤희가 이상하게 생각되었던 모양이었다. 그는 우리들이 식당을 나오자 수영연맹을 통해 윤희 집에 연락을 했고, 그로 인해 우리들이 결혼했다는 사실이 세상에 알려지게 되었다.

　피로연까지 모두 마치고 하객들과 헤어진 우리는 포천군 영죽면

면사무소에서 혼인신고를 하고 동해안 쪽으로 갔다. 차창 밖으로는 한적한 시골 풍경이 계속해서 이어졌다. 나는 힐끔 윤희를 쳐다보았다. 부드럽게 미소를 지으며 내 옆에 앉아 있는 윤희. 이제 우리는 부부가 되어 세상에 첫발을 들여놓게 된 것이었다.

하지만 우리는 출발부터 좋지 않은 일을 당했다. 검문소마다 경찰들이 우리 차를 잡아 세우고 신분증을 검사하는 것이었다. 아무래도 장모님이 경찰에 '어떤 이상한 놈이 윤희를 끌고 갔다.'는 식의 신고를 한 것 같았다. 기분이 썩 좋지 않았다.

우리는 설악산을 거쳐 동해안을 둘러보고 부산으로 내려갔다. 그때 마침 신호를 잘못 보고 유턴을 했는데, 반대편에서 달려오던 트럭 운전사가 우리를 향해 크게 소리쳤다.

"유현상 씨, 최윤희 씨. 결혼 축하합니다! 잘 사세요!"

"고맙습니다! 열심히 살게요!"

나도 큰소리로 대답했다. 우리를 위해 결혼식장을 마련해 준 이기종 기자가 특종을 터트린 모양이었다.

부산에 도착한 우리는 한참 동안 숙소를 구하지 못하고 헤맸다. 주말이라 일본에서 건너온 관광객들이 호텔은 물론 모텔 방까지 모두 차지해 버렸던 것이다. 우리는 어쩔 수 없이 광안리에서 민박을 했다.

나는 윤희에게 맛있는 음식을 사주고 싶었지만 근처에는 분식집밖에 없었다. 우리는 분식집에서 김밥과 우동으로 배를 채우고 숙소로 들어갔다. 윤희는 장모님이 걱정되는지 표정이 좋지 않았다. 나 역시 이렇게 소중한 사람을 과연 내가 책임질 수 있을까, 걱정이 되었다.

그날 저녁 슬금슬금 내리던 비가 갑자기 폭우로 변했다. 우리는 세차게 지붕을 두드리는 빗소리를 들으며 이런저런 얘기를 나누다 잠이 들었다.

아침에 일어나 문을 열어 보니 마당이 온통 물투성이였다. 갑작스럽게 쏟아진 많은 비 때문에 하수구가 막혀 물이 빠지질 않고 있었다. 나는 수영장으로 변한 마당을 바라보며 윤희에게 말했다.

"살아가다 보면 이처럼 예기치 못한 일들과 만날 때가 있을 거야. 그때는 당황하지 말고 서로 믿고 이겨나가자."

내 말에 윤희는 대답 대신 따뜻한 미소를 지어보였다.

나는 부산에서 올라오는 길에 할머니 산소에 들렀다. 우리는 받을 사람이 없어 차 안에 넣어가지고 다니던 부케를 꺼내 산소에 올려놓고 큰절을 올렸다.

"할머니, 감사합니다. 나와 윤희, 할머니가 도와주셔서 결혼할 수 있었어요. 앞으로도 우리 두 사람 지켜봐주시고 돌봐주세요. 열심히 살게요."

그리고 서울에 올라오자마자 곧장 장모님이 사시는 압구정동 현대

아파트로 갔다. 나는 맞아 죽는 한이 있더라도 장모님에게 인사를 드리는 것이 도리라고 생각했다. 또 한편으로는 장모님이 우리를 받아들일지도 모른다는 기대감도 있었다.

하지만 장모님은 문 앞에서 냉정하게 등을 돌리셨다. 우리는 무릎을 꿇고 장모님 뒷모습에 절을 했다.

'정말 열심히 살겠습니다, 장모님. 당신 딸을 이 세상 누구보다 아끼고 사랑하겠습니다.'

나는 마음속으로 장모님에게 말했다. 장모님의 귀에 내 말이 들어가기를 바라며. 먼저 일어난 윤희가 나를 일으켜 세웠다. 나는 아쉬움을 뒤로 하고 윤희와 함께 마포 집으로 왔다.

여자야 여자야 약해지면 안 돼

윤희와 결혼한 이후 나는 세상 사람들, 특히 남자들에게 ‘공공의 적’이 되어버렸다. 내가 윤희를 납치하고 협박해서 강제로 결혼했다는 헛소문까지 돌았다. 어떤 라디오 방송 피디는 내 디스크를 집어던지며 후배들에게 “이제부터 유현상 노래 틀지 마!”라고 소리를 질렀다는 이야기도 들렸다.

내가 다시 앨범을 내고 방송국에 나타냈을 때와는 상황이 180도 달라진 것이다. 그때는 많은 피디들이 나를 따뜻하게 맞아주었다. 특히 송창의 피디는 “열심히 해보라.”며 진심 어린 격려를 아끼지 않았다.

그때 「토요일 토요일은 즐거워」에 출연해 「갈 사람」을 불렀는데 다음 날부터 앨범 주문량이 크게 늘었다. 변대윤 사장의 ‘감’이 적중한 것이다. 벌써 20여 년 전의 일인데 아직도 이 노래를 기억하고 있는 분들이 많은 듯하다. 얼마 전에는 어머니노래교실 책에 「갈 사람」을 실어도 되겠느냐는 문의를 받았다.

하지만 나는 「갈 사람」을 포기할 수밖에 없었다. 지연이를 잊지 못해 쓴 노래라는 소문이 퍼졌기 때문이었다. '당신 품에 잠들 때가 엊그제 같았는데 / 이제 와서 이별이란 그 무슨 말인가요 / 웨딩마치 꿈을 꾸면서 그 세월을 살아왔는데 / 당신 떠난 이 자리에는 눈물만이 고여 있어요.' 라는 노래 가사가 오해를 불러일으킨 것 같았다. 하지만 가사를 쓴 사람은 내가 아니라 작사가로 이름을 날리던 이건우였다.

장 사장은 내가 결혼했다는 소리를 듣고 펄쩍펄쩍 뛰었다. 그는 "지금 「갈 사람」이 뜨고 있는데, 바람이 불고 있는데 무슨 결혼이냐?"고 화를 내면서 계속 「갈 사람」을 밀어붙이려 했다. 하지만 나는 지연이와 나를 연결시키는 노래를 더 이상 부르고 싶지 않았다. 윤희가 걱정하고, 고민하는 모습을 보기 싫었던 것이다. 대신 나는 같은 앨범에 수록되어 있는 「여자야」를 밀기로 결정했다.

윤희에게 일방적으로 결별을 통보하고 집에 돌아온 바로 그날, 그녀가 미치도록 보고 싶어 눈에 밟히는 추억들을 악보에 옮긴 「여자야」는 단 10분 만에 만든 곡이다. 이 노래의 가사 역시 이건우가 썼다. 내 소개로 윤희의 대학 선배인 안희경 씨와 결혼한 건우는 나와 윤희와의 관계를 누구보다 잘 알고 있었다.

나는 윤희와 결혼을 약속한 후 건우를 찾아가 "윤희 어머니의 반대가 너무 심해 윤희가 힘들어하고 있다. 그녀에게 힘이 돼줄 수 있는 노래를 만들고 싶다. 도와달라."고 부탁했다. 그래서 나온 가사가 바로 '여자야, 여자야 약해지면 안 돼. 흔들리면 안 돼.' 였다. 가사 속의 '여자야'는 당연히 윤희였다.

'노래는 감정이 들어 있는 언어'라는 말이 있다. 비록 3분 정도밖에 안 되지만 그 안에 여러 의미가 담겨 있음을 표현한 말인 듯하다.

「갈 사람」을 버리고 「여자야」를 띄우기로 마음먹은 나는 송창의 피디를 찾아가 사정을 이야기하고 어떻게 했으면 좋겠느냐고 물었다. 내 얘기를 다 들은 송창의 피디는 윤희와 함께 「일요일 일요일 밤에」에 나와서 「여자야」를 부르라고 배려해 주었다.

나는 윤희와 함께 「일요일 일요일 밤에」에 출연해 둘이 처음 만났을 때부터 부모님의 반대로 헤어졌다 만났던 얘기, 결혼을 결심한 애기들을 솔직하게 털어놓았다. 그리고 「여자야」를 불렀는데 팬들의 반응이 예상외로 뜨거웠다. 역시 진실은 통하는 모양이었다. 앨범은 날개 돋친 듯 팔려나갔고, 덕분에 자연스럽게 「갈 사람」을 접을 수 있었다. 송창의 피디는 내가 어려울 때마다 손을 내밀어준, 나에게는 은인이나 다름없는 사람이다.

지금 생각하면 나를 도와준 고마운 분들이 참 많다. 너무 고마우니까 미안해서 전화도 못하고 찾아뵙지도 못하고 있다. 장의식 사장도 그중 한 분이다. 장 사장은 내 재능을 인정하고 큰 가수로 만들려고 노력을 많이 한 분이다. 그러나 내가 결혼을 하고, 「갈 사람」 대신 「여자야」를 부르면서 틈이 벌어졌다. 장 사장 말처럼 음악만 하겠다는 약속을 어긴 것은 바로 나였다. 우리가 각자 다른 길을 가게 된 것은 결국 내 잘못이었다. 하지만 나는 윤희를 선택한 것을 결코 후회하지 않는다. 음악을 하는 것도 축복이지만, 가족이 있다는 것은 그보다 더 큰 축복이기 때문이다.

제5장

내가 다시 록음악에 도전하겠다고 하자 아내와 아이들은 흔쾌히 찬성표를 던졌다. 고마웠다. 나를 믿어주는 아내와 아이들이. 가족들을 뒷바라지하기 위해 록음악을 접고 밤무대를 돌아다니며 트로트를 부른 것은 지금 생각해도 잘한 일이었다.

첫 아들, 첫 사위, 첫 인정, 첫 행복

장의식 사장과 결별하면서 나는 홀로서기를 준비했다. 과연 혼자 잘해 나갈 수 있을까, 내심 불안했던 것도 사실이었지만 나는 마음을 굳게 먹었다. 이제는 한 가정의 가장이었다. 내 곁에는 사랑하는 사람, 내가 평생 책임져야 할 아내가 있었다.

지금 생각해 보면 당시 록을 하지 않았던 것이 참 다행이라는 생각이 든다. 전 세계적으로 록이라는 장르가 사람들의 관심에서 멀어지고 있을 때였다. 따라서 계속 록을 했었다면 가정을 이끌어가기 힘들었을 것이다.

당시 「여자야」가 크게 성공해 장 사장과 헤어진 후에도 방송이나 행사 출연 요청이 끊이지 않았다. 모두 장 사장과 송창의 피디 등 많은 분들이 도와준 덕분이라고 생각한다.

윤희는 결혼한 지 한 달 만에 임신을 했다. 눈치로는 장모님과 서로 연락을 주고받는 듯했다. 하지만 장모님은 아직 나와는 거리를 두었다. 나는 이해할 수 있었다. 딸자식을 빼앗아간 날도둑놈을 어디 쉽게 용서할 수 있겠는가.

여전히 찬바람이 돌던 장모님은, 그러나 아내가 첫 아이 동균이를 낳자 완전히 마음을 풀고 나를 사위로 인정했다. 그러니 동균이는 가족을 화해시킨 일등공신인 셈이다.

연락을 받자마자 병원으로 달려온 장모님은 동균이를 보면서 물었다.

"이게 정말 윤희 아들인가?"

나는 속으로는 '내 아들인데….' 하는 생각을 하면서도 "네." 하고 대답했다.

동균이가 태어나던 날 나는 너무 기뻐 눈물을 쏟아냈다. 그러나 이제 아빠가 되었다는 생각에 강한 책임감도 느꼈다. 가족들을 먹여 살리려면 이제부터 더 열심히, 더 부지런히 뛰어다녀야 했다.

그 무렵 일을 마치고 집에 돌아오다 너무 피곤해서 잠시 갓길에 차를 세우고 자는데 아내에게서 전화가 걸려왔다.

"왜 이렇게 늦어요? 무슨 일 있어요?"

아내가 조심스럽게 물었다. 나는 잠이 덜 깬 목소리로 대답했다.

"아냐. 아무 일 없어. 피곤해서 잠시 눈 좀 붙였어. 고마워. 하마터면 차 안에서 밤을 새울 뻔했네. 고마워. 금방 갈게."

정신을 차린 나는 곧 시동을 켜고 나를 기다리고 있는 아내와 아이 곁으로 달려갔다.

우리가 신혼살림을 차린 마포 집은 산꼭대기에 있어 이따금 시커 먼 쥐가 출현했고, 밤이면 도둑고양이들이 드나들기도 했다. 그래도 아무 불평이 없었던 아내는 아이가 생기자 이사를 가고 싶어 하는 눈 치였다. 하지만 아직 집을 옮긴 만한 여유가 내게는 없었다.

그때 장모님이 우리에게 손을 내미셨다. 장모님은 마포 집이 아이 를 키우기에는 적합하지 않다고 여겼는지 당신 집에 들어와 살라고 하셨다. 그렇지 않아도 아내와 아이가 걱정되었던 나는 기쁘게 장모 님의 제안을 받아들였다. 우리는 곧바로 짐을 싸서 장모님 집으로 들 어갔다.

장모님은 그동안 내가 가정을 위해 열심히 살고 있다는 얘기를 들 은 모양이었다. 더군다나 사랑스러운 손자까지 안겨주었으니 얼마나 믿음직스럽고 예뻐 보였겠는가. 나를 대하는 장모님의 태도는 180도 달라졌다. 친아들처럼 살뜰하게 돌봐주셨고, 아내에게 전할 말도 일 부러 나에게 하곤 했다.

여기서 동균이가 태어날 때의 이야기를 잠깐 해야겠다. 동균이는 아직 모르고 있지만 그날 정말 이상한 일이 있었다.

나는 산기가 있는 아내를 병원에 데려다주고 출산용품을 가지러 다시 집에 왔었다. 병원에서 집에 오려면 차로 10분 정도 걸렸다. 나는 필요한 것들을 챙겨 들고 방을 나오다 화단에 닭이 알을 품고 있는 것을 보았다.

우리 집은 담도 높았고 문도 철창문이었다. 게다가 '뽀삐'가 철저히 경계를 서고 있어서 절대로 닭이 들어올 수가 없었다. 혹시 도둑이라도 들까봐 키우고 있는 개 7마리 중에서 가장 덩치가 큰 '뽀삐'는 차 소리가 들리기만 하면 대문 앞에 붙어서 있을 정도로 영리했고, 집을 잘 지켰다.

그런데 어떻게 닭이 들어온 것일까?

나는 깜짝 놀라 닭이 있는 곳으로 다가갔다. 그때 마침 병원에서 전화가 왔다. 아들을 낳았다는 것이다. 아이가 엄마를 괴롭히지 않고 쑥 빠져나왔다고 했다.

기분이 묘했다. 나는 방으로 들어가 카메라를 꺼냈다. 알을 찍고 싶었던 것이다. 하지만 어찌된 일인지 알을 찍으려고 하자 멀쩡하던 카메라가 작동을 하지 않았다. 할 수 없이 나는 그 알을 손수건에 싸서 안방 장롱 속에 보관했다.

아이들은 우리에겐 기쁨 그 자체

둘째 호균이가 태어난 것은 2년 후였다. 아이들은 우리에겐 기쁨 그 자체였다. 그러나 언제까지 기뻐하고 있을 수만은 없었다. 나도 가끔은 신곡을 발표하고, 방송 활동을 활발히 해서 히트곡을 내고 싶다는 생각이 들 때가 있었다. 충분히 가능한 일이었다. 하지만 나는 깨끗이 포기했다. 아이들을 잘 키우기 위해서는, 온 가족이 행복하게 살기 위해서는 돈이 필요했다.

동균이는 세 살 때 텔레비전에 하버드대학교가 나오는 것을 보고 "저 학교에 가겠다."고 말했다. 그때부터 아내는 미국 유학을 생각했는지도 모르겠다. 아내는 동균이가 유치원에 들어가자 녹음기에 영어 단어를 녹음해서 동균이에게 들려주었고, 원어민 강사가 있는 학원에 보내 공부를 시켰다.

동균이는 열심히 영어를 배웠다. 유치원에 가기 전에 찬물에 세수를 하고 나에게 엄마가 녹음해 놓은 카세트테이프를 틀어달라고 했다. 그러고는 열심히 녹음기에서 흘러나오는 영어 단어들을 따라 외웠다.

나는 동균이가 공부를 좋아하고, 또 재능이 있다고 느껴 아내에게 미국 유학을 보내는 것이 어떻겠느냐고 물었다. 아내는 대찬성이었다. 나중에 생각해 보니 동균이가 나에게 카세트테이프를 틀어달라고 했던 것은 아마도 아내의 작전인 듯했다.

어쨌든 나는 하버드대학교에 들어가 공부하고 싶어 하는 동균이의 꿈을 막고 싶지 않았다. 설혹 원하는 대학에 들어가지 못한다고 해도 열심히 공부해서 우리나라에 필요한 인재가 되면 얼마나 좋겠는가.

결국 우리 부부는 동균이를 미국에 보내기로 결정했다. 40년 전에 이민을 간 두 동생과 부모님이 미국 시애틀에 살고 있어서 크게 걱정이 되진 않았다.

하지만 동균이는 아직 어린아이였다. 그 어린 것을 시애틀의 동생 집에 두고 오려니 발길이 떨어지지 않았다. 가슴이 찢어질 듯 아팠다. 별의별 생각이 다 들었다. 아무리 꿈이 중요하다 해도 부모 밑에서 살아야 하는 것 아닌가. 동생 녀석이 어릴 때 나한테 맞은 것을 보복하려고 우리 아들을 구박하면 어쩌나, 하는 생각도 들었다.

내 이런 걱정을 헤아렸는지 동균이는 낯선 땅, 낯선 생활에 잘 적응했다. 붙임성이 좋아 또래 아이들과 스스럼없이 어울렸고, 영어도 금방 배웠다. 교민들의 초청을 받고 미국에 공연을 갈 때마다 동생 집에 들러 나이답지 않게 어른들 말씀 잘 듣고, 지혜롭고 영리하게 생활해 나가는 동균이를 보면 안심이 되었다. 더 열심히 돈을 벌어 생활비와 학비를 보내는 것이 바로 내가 할 일이었다.

몇 년이 지나자 이젠 호균이도 미국에 보내야겠다는 생각이 들었다. 나는 호균이가 초등학교에 들어갈 무렵부터 이른바 미국 생활 적응 훈련에 들어갔다. 미국 프랜차이즈 식당에 둘이 들어가 호균이에게 주문을 해오라고 시키기도 하고, 공원 벤치에 둘이 앉아 우유와 빵만 먹기도 했다. 아내가 호균이와 함께 집에 들어오는 나에게 어디 갔다 왔냐고 물으면 나는 몰라도 된다고 시치미를 뗐다.

호균이는 나와 다니며 '현지 적응 훈련(?)'을 하는 것을 좋아했다. 나는 그런 호균이를 보면서 '너도 아메리칸 스타일이구나. 미국에서 견딜 수 있겠구나.' 하는 생각을 했다.

외조의 왕이 되어 미국 땅을 밟다

그때쯤이었을 것이다. 어느 날 아내가 공부를 더 하고 싶다는 뜻을 내비쳤다. 동균이는 미국에 있고, 호균이는 초등학교에 다니고 있어 영화를 보고 운동을 해도 시간이 많이 남아돌아 불안하다고 했다.

나는 적극적으로 아내에게 대학원에 들어가라고 권유했다. 아내는 아시안게임에서 모두 5개의 금메달을 땄을 정도로 재능이 뛰어난 사람이었다. 그 뛰어난 재능을 펼치지 못하고 한 가정의 아내로만 남아 있는 것은 국가적으로도 손해였다.

내 지지에 힘입어 연세대대학원 사회체육학과 석사 과정에 들어간 아내는 이왕 공부하기로 마음먹은 거 미국 유학을 다녀왔으면 했다. 수영 종주국이나 마찬가지인 미국에서 수영을 배워 올림픽 금메달리스트를 키워보겠다고 했다. 나는 흔쾌히 승낙했다.

"당신 하고 싶은 대로 해. 꿈을 펼쳐. 그동안 국민들에게 받은 사랑을 돌려줘야지. 모든 것은 내가 다 알아서 할 테니까 당신은 공부만 열심히 해."

나는 방학이 오기를 기다려 아내가 다닐 학교도 알아보고, 동균이도 볼 겸 식구들과 함께 미국으로 건너갔다. 동생 식구들은 아내가 대학원에 들어갔다는 것을 알고 미국에서 아이들을 가르치며 공부하는 것은 어떻겠느냐고 권했다. 조카는 "숙모 경력이면 충분하다."며 자신이 다니는 스위밍 센터를 소개해 주었다.

아내는 조카 말을 듣고 시애틀의 페드럴웨이에 있는 스위밍 센터에 이력서를 보냈다. 그곳이 바로 미국에서 두 번째로 큰 수영장인 '킹 아쿠아틱 스위밍 센터King Aquatic Swimming center'이다. 스위밍 센터는 조카 말처럼 아시안게임에서 2회 연속 금메달을 휩쓴 아내의 경력을 높이 산 듯했다. 당장 같이 일해 보자는 답을 보내왔다.

아내가 '킹 아쿠아틱 스위밍 센터'의 헤드코치로 임명되어 취임식을 하던 날, 생각보다 많은 교민들이 몰려와 축하해 주었다. 그 모습을 보니 코끝이 찡했다. 교민들이 나에게도 한마디 하라기에 "열심히 살겠다."고 짧게 말했다. 이상하게 눈물이 나와 더 말을 할 수가 없었다. 동균이와 호균이가 보기에도 내가 이상했던지 왜 그러느냐고 자꾸 물었다.

취임식이 열린 수영장 안에는 코치들부터 센터 관계자들, 학생들까지 모두 모여 있었다. 사회자가 아내의 경력을 소개하자 일제히 박수가 터져나왔다.

취임식이 끝난 후 고등학생 한 명이 다가와 아내를 빤히 쳐다보며 말했다.

"수영하는 모습을 보고 싶다. 우리에게 보여 달라."

아내는 그 말에 기죽지 않았다. 떨지도 않았다. 오히려 내가 덜덜 떨었다.

아내는 천천히 운동복을 벗고 물속에 들어가 많은 사람들이 지켜보고 있는 앞에서 당당하게 배영을 했다. 나는 그때 아내가 정말 대한민국을 대표하는 수영선수였구나, 진정한 금메달리스트구나, 하는 걸 느꼈다.

아내가 힘껏 물살을 가르고 나오자 학생들이 우르르 몰려들어 박수를 치며 꽃다발을 걸어주었다. 나는 아내의 취임식 장면을 담으려고 캠코더를 들고 갔었는데, 손이 덜덜 떨려 정작 중요한 장면은 찍지 못했다. 주책없이 또 눈물이 나왔다. 갑작스러운 요구에도 당황하지 않고 당당하게 자신의 능력을 보여준 아내가 자랑스러웠다.

아내는 스위밍 센터에서 1년 정도 아이들을 가르쳤다. 아내가 훈련시키는 동안 신기록을 세운 선수도 있었다. 아내가 대학원 논문을 준비하기 위해 사표를 내자 스위밍 센터 코치들은 물론 학생들도 아쉬워하며 붙잡았다. 그때 아내는 미국에서 지도자로 인정받았다는 생각에 뿌듯했다고 한다.

나는 아내와 상의해 미국으로 이민을 갔다. 동균이는 이미 미국에 있었고, 아내는 물론 호균이도 미국에서 공부하고 싶어 했기 때문이었다.

8년 여 만에 온 가족이 모여 한 집에서 생활하는 것이었다. 매일매일이 꿈처럼 흘러갔다. 행복했다. 내가 바라던, 내가 꿈꾸던 생활이 아닌가. 어둠이 내리면 가족들과 함께 맛있는 음식을 해 먹으며 마치 엠티를 온 것처럼 즐겁게 놀았다. 내가 기타를 치면서 노래를 부르면 아내와 아이들은 박수를 치며 따라했다. 천국이 따로 없었다.

그러나 6개월이 지나고, 8개월이 지나고, 1년쯤 지나자 회의가 일기 시작했다.

내가 지금 여기서 무엇을 하고 있는 것인가? 내 꿈이 뭐였나? 전 세계 모든 사람들과 소통할 수 있는 언어 같은 음악을 만드는 것 아니었나? 그 꿈을 이루기 위해 얼마나 애를 썼었나? 그런 내가 왜 여기서 이러고 있는 것인가?

나는 다시 음악을 해야겠다는 생각에 외국 그룹의 공연을 보러 다니기 시작했다. 그들의 공연을 보며 나보다 잘하는 점은 무엇인지, 나보다 못한 점은 무엇인지 분석하고 파악했다. 아무리 냉정하게 따져 봐도 외국 그룹 못지않은 음악을 할 수 있을 것 같았다. 아니, 할 수 있었다.

나는 아이들이 잠든 저녁에 조용히 아내를 불러 나 혼자 한국으로 돌아가겠다고 말했다.

"이유가 뭐죠?"

아내는 어느 정도 내 마음을 눈치 채고 있었는지 침착하게 물었다.

"다시 음악을 하고 싶어."

"어떤 음악을 하고 싶은데요?"

"일단 돈을 벌어야 하니까 대중가요를 해야겠지. 하지만 언젠가는 그룹을 할 거야."

"아이들을 누구보다 사랑하고 아끼는 당신이 한국에서 혼자 생활할 수 있겠어요?"

아내는 내가 걱정이 되는지 여러 번 되풀이해서 물었다. 나는 자신 있다고, 걱정하지 말라고 아내를 달랬다.

내가 한국으로 들어가겠다는 마음을 굳힌 것은 아내가 부모의 역할을 훌륭히 잘해 내고 있었기 때문이기도 하다. 아내는 매일 새벽 5시에 일어나 아이들의 아침밥을 챙겨주었고, 아이들을 차에 태워 학교까지 데려다주었다. 아이들이 집에 돌아올 시간에 맞춰 간식을 준비하고, 과제를 도와주는 일도 거르지 않았다. 그러면서도 자신의 공부를 소홀히 하지 않았다.

더군다나 우리 집 근처에는 어머니와 동생, 그리고 장모님도 살고 계셨다. 내가 없어도 아내는 그들의 도움을 받으면서 충분히 아이들을 잘 키울 수 있을 것 같았다.

왜 이렇게 망가졌어?

가족들과 헤어져 혼자 한국에 돌아온 나는 아내와 아이들을 뒷바라지하기 위해 열심히 밤무대를 돌아다니며 노래를 불렀다. 아내가 공부를 마칠 때까지, 아이들이 클 때까지 나는 없다고 생각했다. 아내 역시 아이들을 돌보느라 고생하면서도 꿈을 이루기 위해 노력하고 있었다.

나는 일이 들어오면 장소를 가리지 않고 받아들였다. 하루에 11곳 이상의 업소에서 노래를 불렀던 적도 많았다. 고맙게도 당시 밴드 하는 후배들이 많이 도와주었다. 그래도 선배라고 내가 조금 늦는다 싶으면 다른 곡을 연주하며 나를 기다려주었던 것이다. 덕분에 업소 측과 얼굴 붉히지 않고 일을 해나갈 수 있었다.

어렸을 때부터 뛰어난 기타 연주자라는 평가를 받았고, 백두산의 싱어로 가창력까지 인정받았던 나였다. 손가락은 물론 목에서 피가 나올 정도로 연습한 끝에 간신히 오른 자리였다. 그런 내게 어떤 업소 사장은 말도 안 되는 금액을 제시하기도 했다. 예를 들어 일반적으로 받는 금액이 500만 원이라면 100만 원을 제시한 것이다. 옛날 같았으면 단칼에 안 된다고 잘랐을 것이다. 그러나 세 사람을 공부시키기 위해서는 돈이 필요했다.

나는 '100만 원이면 세 사람이 공부하는 책을 살 수 있겠지? 그 돈이면 옷도 살 수 있을 거야. 아내가 이 돈을 받으면 얼마나 기뻐할까? 내가 조금만 고생하면 아내와 아이들이 편하게 지낼 수 있잖아.' 하는 생각에 결국 업소 사장의 제안을 받아들이곤 했다. 그러면서 "이번 한 번뿐입니다. 더 이상은 곤란합니다."라고 못을 박았다.

하지만 한번 100만 원을 받고 노래를 부르게 되면 금방 소문이 퍼져 곧 100만 원짜리로 전락하게 된다. 나는 그 같은 사실을 알면서도 쉽게 거절하지 못했다. 가족을 위해 내 모든 것을 버리자고 생각했던 것이다.

이틀 동안 2,000km를 운전했던 적도 있다. 서울에서 목포로, 목포에서 광주로, 광주에서 다시 녹동으로, 녹동에서 배를 타고 금당도로…. 쏟아지는 잠을 이기지 못해 졸음운전을 할 때도 많았다. 문득 눈을 떠보면 나는 차를 몰고 어딘가로 가고 있었다. 등골이 서늘했다.

이러다가는 죽을지도 모른다는 생각이 들었다.

'매니저를 한 명 둘까?'

나는 갓길에 차를 대놓고 심각하게 고민했다. 하지만 결론은 언제나 같았다. '매니저를 두면 한 달에 월급이 200만 원에서 300만 원 정도 나간다. 지금의 나에겐 큰돈이다. 차라리 그 돈을 미국에 보내는 편이 낫다. 내가 조금 더 정신 차리고, 조금 더 부지런히 움직이면 된다.'는 것이었다. 가족을 위해서라면 나 하나쯤 어떻게 돼도 상관없었다.

한번은 전라도 광주에 있는 스탠드바에서 노래를 불렀던 적이 있다. 백두산을 좋아했던 한 팬이 내가 온다는 소식을 듣고 스탠드바를 찾아왔다. 처음에는 얌전히 앉아 술을 마시던 그 남자는 술기운 탓인지 갑자기 내게 다가와 백두산 노래를 들려줄 수 없느냐고 물었다. 조그만 술집에서 술 취한 사람들을 상대로 트로트를 부르는 내가 못마땅했던 모양이었다.

나는 정중히 남자의 청을 거절했다. 스탠드바와 헤비메탈은 도무지 어울리지 않았던 것이다. 내가 거절하자 남자는 고개를 끄덕이며 자기 자리로 돌아갔다. 하지만 도저히 못 참겠는지 잠시 후 술병을 들고 다시 무대 위로 올라왔다. 뭔가 느낌이 심상치 않았다.

남자는 잠시 나를 쳐다보더니 노래를 부르고 있는 내 머리 위에 술을 부었다.

"당신, 뭐야? 왜 이렇게 망가졌어?"

남자는 울먹이고 있었다. 나는 알고 있었다. 내가 미워서, 싫어서
술을 뿌린 것이 아니라는 것을.

백두산의 유현상이었다. 남자는 침체되고 소외된 록을 위해 뭔가
할 사람이라고 생각했던 나마저도 술 취한 사람들을 상대로 노래를
부르는 것을 보고 화가 났던 것이다. 망가진 것처럼 보이는 내 모습이
보기 안쓰러웠던 것이다.

얼마 전 다시 백두산의 유현상으로 무대에 올랐을 때 나는 공연장
에 모인 팬들에게 그 사람 이야기를 했다. 보고 싶다고. 지금 여기 서
서 예전처럼 노래 부르는 모습을 그 사람에게 보여주고 싶다고.

술집 분위기는 남자의 돌발 행동으로 순식간에 엉망이 되었다. 나
는 스탠드바를 도망치듯 뛰쳐나와 미국에 있는 아내에게 전화를 걸
었다.

"나야. 지금 뭐 해?"

"아이들하고 있어요. 당신은 뭐 해요?"

아내의 부드러운 목소리가 가슴의 상처를 따뜻하게 감싸주었다. 왈
칵 울음이 솟구쳤다.

"일하고 있어."

나는 억지로 울음을 참으며 말했다.

“아직도 일해요? 힘들지 않아요?”

아내는 걱정스러운 듯 물었다.

“괜찮아. 내 걱정은 말고 아이들 좀 바꿔줄래?”

“네. 잠시만 기다리세요.”

아내가 곧 아이들을 바꿔주었다.

“아빠, 건강은 어떠세요?”

두 아이가 동시에 물었다.

“아빤 건강하지. 아빠 지금 맛있는 거 먹고 있다.”

스탠드바 옆에 있는 어둡고 좁은 골목에 서 있었지만, 나는 일부러 근사한 음식점에 앉아 있는 것처럼 말했다.

“맛있는 거 많이 먹고 힘내세요!”

“그래. 고맙다.”

아이들이 내게는 희망이었고 용기였다. 아이들과 얘기하고 있으면 아무리 힘들었던 일도 잊을 수 있었다.

당신은 마녀, 나는 산타클로스

그 무렵 내가 힘들어하고 있다는 것을 눈치 챈 아내가 한국에 들어왔다. 조금이라도 나를 도와주기 위해 무슨 방법이 없을까 알아보다가 국비장학생 시험이 있다는 말을 듣고 온 것이었다. 시험에 합격하면 국가에서 수업료를 지원받을 수 있어 경제적으로 많은 도움이 되었다. 다행히 아내는 스포츠외교 전문 인력을 양성하기 위한 국비장학생에 선발되어 시애틀에 있는 워싱턴대학교에서 2년 동안 어학연수를 했다.

아내는 지금 IOC 위원이 되려고 열심히 공부하고 있다. 그 과정이 너무 힘든 것 같아 안쓰럽지만 아내는 반드시 목표를 이루겠다고, 아이들에게 부끄럽지 않은 엄마가 되겠다고 끊임없이 노력하고 있다. 친정어머니처럼 '장한 어머니상'을 타는 것이 아내의 소원이라고 한다.

아이들은 반듯하게 자랐다. 엄마를 닮은 동균이는 초등학교에 입학하자마자 특수반에 뽑힐 정도로 공부를 잘했고, 어렸을 때의 나를 그대로 빼닮은 호균이는 개구쟁이지만 성격이 쾌활하고 운동을 잘해 친구들에게 인기가 많았다.

나는 동균이에게 누구와 친하게 지내냐고 물은 적이 있다. 그러자 동균이는 대뜸 말했다.

"도서관 선생님하고 친해요."

책을 좋아하는 동균이는 동생을 끔찍이 아꼈다. 호균이가 처음 미국에 왔을 때 동균이는 어디선가 칠판을 구해 와서는 동생에게 영어를 가르쳤다. 운동을 좋아하는 동생이 야구를 보고 싶어 하면 인터넷을 뒤져서 반품된 표를 구해 함께 보러 다녔다. 이처럼 아이들이 바른 심성을 갖게 된 것은 모두 엄마가 잘 가르쳤기 때문이라는 생각이 든다.

아내는 미국과 한국을 왔다 갔다 하며 바쁘게 생활했다. 대학원 공부를 마친 후에는 전임 강사로 모교 강단에 섰고, 2002년에는 부산아시안게임 해설위원, 2004년에는 아테네올림픽 해설위원으로 활동했었다.

아내가 한국에 들어와 전임 강사로 학생들을 가르칠 때였다. 아이들이 침대에서 레슬링을 하며 놀았는데, 장난이 심한 호균이가 펄쩍 점프를 하다가 침대 밑으로 굴러 떨어져 왼쪽 팔이 부러지고 말았다. 그때 호균이는 형이 엄마에게 연락을 하려고 하자 자기가 고칠 수 있다며 말렸다고 한다. 치료비가 걱정이 되었던 것이다. 하지만 동균이는 그냥 두었다가는 큰일 날 것 같아 앰뷸런스를 부르고 엄마에게 연락했다.

아내는 다음 날 바로 미국으로 건너갔다. 엄마가 걱정하고, 동생이 아파하는 모습을 본 동균이는 그때부터 의사 선생님이 되겠다는 마음을 먹었다고 한다. 열심히 공부해서 가난한 사람, 불쌍한 사람들을 도우며 살겠다는 것이다.

실제로 동균이는 미국 아이젠하워 전 대통령이 설립한 국제민간외교단체이자 교육·봉사단체인 '피플투피플'의 회원으로 활동했었다. 성적이 우수하고 지역봉사와 의료봉사를 많이 한 동균이는 미국 대통령상을 받기도 했는데 운동도 잘해 학교에서 미식축구선수로 이름을 날렸다.

동균이도 운동을 잘하지만 호균이의 운동 감각은 타고난 것 같다. 형을 따라 미식축구를 하더니 작년에는 최우수선수로 뽑히기까지 했다. 특히 수영에는 엄마만큼이나 뛰어난 자질을 보였다.

재작년 겨울방학 때 장모님과 함께 한국에 들어온 호균이는 텔레비전에 김연아 선수가 나오는 장면을 보더니 엄마에게 물었다.

"엄마, 김연아 선수 만나게 해줄 수 있어?"

김연아 선수의 예쁜 모습에 반한 것 같았다. 아내가 곤란하다는 표정으로 쳐다보자 호균이는 화면을 가리키며 다시 물었다.

"저 남자는 누군데 김연아 선수를 만나는 거야?"

호균이가 가리킨 남자는 바로 박태환 선수였다.

"베이징올림픽 때 자유형 400m에서 금메달을 딴 수영선수야."

"그럼, 수영에서 금메달 따면 김연아 선수 만날 수 있는 거야?"

"당연하지."

아내는 웃으며 말했다.

"좋았어! 나도 금메달 딸 거야!"

호균이는 자신 있게 말했다. 처음에는 저러다 말겠지 했다. 하지만 호균이는 장모님과 함께 10일 정도 연습을 하더니 경기도 고양시에서 주최한 수영대회에 나가 자유영·배영 두 부문에서 1위를 차지해 금메달을 목에 걸었다. 정말이지 피는 속일 수 없는 모양이었다.

다섯 살 때부터 새벽 4시에 일어나서 찬물에 들어가고, 쉴 틈도 없이 지상 훈련을 받아야 했던 아내는 너무 힘들게 운동을 했었기 때문인지 아이들에게는 수영을 가르치지 않았다. 아이들을 수영선수로 만들고 싶은 생각이 전혀 없다고 했다. 호균이가 초등학생이었을 때 내가 잠깐 수영을 가르친 것이 전부였다. 그때도 호균이는 수영클럽 대항전에 나가 금메달을 목에 걸었다.

나는 호균이가 재능이 있는 것 같아 수영을 시키자고 말했지만 아내는 반대했다.

"운동을 시작하기 전에 공부부터 하는 것이 좋아요. 충분히 지켜본 후에 시켜도 늦지 않거든요.”

그러던 아내가 이제는 본인이 원한다면 말리지 않겠다고 한다. 호균이가 몇 년 만에, 그것도 10일 정도 연습해서 금메달을 휩쓸어오는 것을 보고 생각을 바꾼 것이다.

아이들이 어렸을 때 아내에게 지어준 별명은 ‘마녀’였다. 모든 일을 하나부터 열까지 계획적으로 시키고, 검사하고, 잔소리를 많이 해서 붙인 별명인 듯하다. 반면에 내 별명은 ‘산타클로스할아버지’다. 엄마와는 달리 항상 자신들의 편을 들어주고, 올 때마다 선물을 한 아름 안겨주는 내가 산타클로스할아버지처럼 느껴졌던 모양이다.

운동을 좋아하는 나는 아이들과 어울려 축구나 농구, 야구 등을 자주 하는 편이다. 아이들과 함께 노는 것이 나에게는 큰 즐거움이다. 아내는 아이들이 나만 따르는 것 같아 서운할 때도 있다고 털어놓는다. 하지만 엄마를 생각하는 아이들의 마음은 따뜻하고 깊다.

고등학교 졸업을 앞두고 있는 동균이는 성적이 뛰어나 하버드와 스탠포드를 비롯한 미국의 여러 명문대학에서 러브콜을 보내오고 있다. 동균이는 그중에서 스탠포드대학교에 가기로 마음먹은 듯하다. 추위를 많이 타고, 또 수영을 해야 하는 엄마를 생각해서 햇살이 따뜻한 캘리포니아 주에 있는 대학을 택한 것이다.

세상에서 가장 빛나는 이름
남편과 아빠

얼마 전 라디오 방송에 출연했을 때 아내가 음성 편지를 보낸 적이 있다. 나는 갑작스럽게 들려오는 아내의 목소리에 깜짝 놀랐다.

동균이, 호균이 아빠. 추운 날씨에 여러 가지로 고생이 많죠?

당신이 아침에 일어나서 밥을 먹으려고 밥통을 딱 열었는데 그 전날 밤에 깜박 하고 취사 버튼을 누르지 않아서 밥통에 밥이 없었을 때, 그때 내가 가장 보고 싶었다고 하셨죠?

그 말을 듣는 순간 가슴이 찡했어요. 내 빈자리가 얼마나 큰지 잘 알았죠? 내가 곧 가서 당신이 좋아하는 무쇠 솥에 밥 지어서 누룽지까지 눌려서 매일 아침마다 해줄 테니까 조금만 기다려요. 당신 방송하느라, 공연하느라 한창 바쁜데 내가 옆에서 챙겨주지 못해 정말 많이 미안해요.

하지만 당신이 나오는 TV 프로그램과 라디오 방송은 자다가도 일어나서 인터넷으로 꼭꼭 챙겨 놓치지 않고 다 보고 있어요. 여보, 22년 만에 당신이 그룹을 재결성해서 록이라는 분야에 다시 도전했을 때 걱정도 많이 했었어요. 그런데 당신이 하고 싶은 분야로 돌아가서 활기찬 모습과 목소리, 살아 있는 눈빛을 보여주니까 내 마음도 기뻐요. 우리 아이들도, 나도 당신을 믿어요.

이곳에서도 당신이 항상 건강하고, 어느 자리에서든지 아름답고 빛이 나는 동균이, 호균이 아빠 유현상이 되도록 늘 아이들하고 기도할게요. 옷 따뜻하게 입고 다니고 밥 잘 챙겨 먹고 있어요. 내가 곧 가서 당신이 좋아하는 것들 많이많이 만들어줄게요. 알았죠, 여보?

여보, 사랑해요.

아내는 내가 취사 버튼을 누르지 못해 밥을 먹지 못했다는 말을 듣고 가슴이 아팠던 모양이었다. 내 옆에 있어주지 못하는 것을 늘 미안해하는 아내였다.

나는 솟구치는 울음을 참으며 아내에게 말했다.

"이다음에 우리 아이들이 이 세상에서 누굴 제일 존경하느냐는 질문을 받았을 때 아빠라고 대답할 수 있도록 열심히 할게."

내가 다시 록음악에 도전하겠다고 하자 아내와 아이들은 흔쾌히 찬성표를 던졌다. 고마웠다. 나를 믿어주는 아내와 아이들이. 가족들

을 뒷바라지하기 위해 록음악을 접고 밤무대를 돌아다니며 성인 가요
를 부른 것은 지금 생각해도 잘한 일이었다. 앞으로도 열심히 노력해
서 아내에게는 훌륭한 남편, 아이들에게는 자랑스러운 아빠로 우뚝
서고 싶다.

제6장

원더걸스 멤버들의 나이를 모두 합쳐도 나와 도균이의 나이를 합친 것보다 적을 것이다. 하지만 나이는 숫자에 불과하다. 아직 늦지 않았다. 우리는 일본을 넘어 아시아를 평정하고, 유럽을 점령한 후 미국에서 한판 승부를 벌일 계획이다.

백두산의 이름으로 화려하게 부활하다

록은 내 음악의 뿌리라고 할 수 있다. 따라서 록으로 귀환하기로 한 것은 기나긴 음악 여정에 마침표를 찍는 결정이었다. 가슴이 뛰었다. 앞으로 나에게 어떤 일이 벌어질지 흥미진진했다.

나는 성인 가요를 하면서 예전에는 느끼지 못했던 것들, 몰랐던 부분들을 느끼고 알게 되었다. 그룹 활동을 계속 했었다면 서울에서 멀리 떨어진 지방이나 배를 타고 들어가야 하는 섬에는 가보지 못했을 것이다. 스탠드바도 마찬가지다.

낯선 곳, 낯선 무대에서 노래를 부르며, 나는 많은 경험을 했다. 아픔도 있었고, 쓰라림도 있었고, 슬픔도 있었다. 하지만 그만큼 생각의 크기가 넓어진 것도 사실이었다.

백두산으로 활동할 당시에는 대중성보다는 음악성을 추구했었다. '당신들이 나를 따라와. 나는 당신들의 비위를 맞출 생각이 없어.' 하는 식이었다. 그 무엇과도 타협할 생각이 없었던 것이다. 하지만 어느 순간 깨달았다. 대중이 원하지 않는, 좋아하지 않는 예술은 무의미하고 생명력이 없다는 것을. 그것은 성인 가요라는 기나긴 음악 여정이 나에게 준 선물 같은 깨달음이었다.

내가 다시 그룹을 하기로 마음먹은 것은 물론 못다 이룬 꿈을 펼치기 위해서였다. 하지만 현재의 음악 환경도 내 결정에 적지 않은 영향을 끼쳤다.

나는 오래전부터 록을 하는 후배들을 유심히 지켜봐 왔다. 그들은 오히려 우리가 활동하던 1980년대 후반보다 더 힘든 나날을 보내고 있었다. 여전히 록음악에 관심을 갖는 사람들이 그다지 많지 않았기 때문이다.

이제는 우리들이 앞장서서 힘들어 하는 후배들을 이끌어나가야 한다는 생각이 들었다. 후배들 중에는 세계적인 뮤지션들과 겨루어도 뒤지지 않을 만큼 뛰어난 실력을 갖춘 친구들이 제법 있었다. 해외에서도 충분히 통할 수 있는 그들이지만 이끌어주는 사람이 없어 좁은 한국을 벗어나지 못하고 있었다.

나는 그들에게 우리도 할 수 있다는 자신감과 용기, 희망을 주고 싶었다. 그들이 세계로 나갈 수 있는, 인정받으면서 음악을 할 수 있는 환경을 만들어주고 싶었다. 그리고 환갑을 바라보는 나이에도 당당하게 도전하는 우리의 열정과 의지를, 그들이 배웠으면 했다.

놀랍게도 백두산의 원년 멤버인 김도균과 김창식, 한춘근 역시 나와 같은 생각을 하고 있었다. 내가 "다시 백두산을 해보자."고 했을 때 그들은 한순간의 망설임도 없이 고개를 끄덕였다.

영어 가사 때문에 방송출연금지라는 예상치 못한 철퇴를 얻어맞자 이 땅의 답답한 음악 풍토에 회의를 느끼고 영국으로 떠난 도균이는 그곳에서 '사랑'이란 록밴드를 결성해 활동했다. 신기에 가까운 기타 속주로 '한국의 잉베이 맘스틴Yingwie Malmsteen스웨덴 출신의 세계적인 기타리스트'이라 불렸던 도균이었다. 한국에 돌아온 후로는 록과 국악을 접목시키는 실험적인 음악을 해왔다.

가훈이 '죽어도 록, 살아도 록'인 창식이는 생계를 위해 지방에서 모텔을 운영하고 있지만 새로운 음악을 보고 느끼기 위해 독일 등을 다녀왔고, 언더그라운드에서 꾸준히 음악 활동을 해왔다. 그리고 춘근이는 음악 아카데미를 운영하며 후배들을 키워왔다. 모두들 음악을 떠나서는 살 수 없는, 뼛속 깊은 곳까지 록으로 가득 찬 친구들이었다.

원년 멤버들과 마포에 있는 연습실에 다시 모여 처음 소리를 냈을 때, 전율과도 같은 감격이 정전기처럼 일어났다. 다행히 내 목소리는 변함이 없었다. 헤비메탈 보컬에게 반드시 필요한 쇳소리가 아직도 카랑카랑하게 터져나왔다. 기분 좋은 일이었다. 그동안 나는 술과 담배를 입에 대지 않았다. 외롭고 허전할 때는 한잔 마시고 싶은 충동이 일었지만 냉정하게 참았다. 바로 오늘을 위해서였다.

나는 마치 시간의 신이 우리를 22년 전으로 되돌린 것 같다는 생각을 했다. 나를 기다려준 친구들이 고마웠다.

세대를 뛰어넘는 전설의 무대, 이제부터 시작이다

백두산이 재결성되었다는 소문이 퍼지자 2008년 동두천록페스티벌 주최 측에서 참가해 달라는 요청을 해왔다. 우리나라를 대표하는 록페스티벌답게 세계 4대 스래시메탈 그룹 중 하나인 앤스랙스Anthrax를 비롯한 국내외의 실력 있는 록밴드들이 대거 출동해 한바탕 록의 축제를 벌이는 자리였다. 그때 우리는 27년 만에 처음 한국을 방문하는 앤스랙스와 함께 헤드라이너대형공연의 마지막에 출연하는 메인밴드로 선정되었다.

우리보다 앞서 공연한 앤스랙스의 연주와 노래는 명성에 걸맞게 훌륭했다. 그러나 우리도 연습만 조금 더 하면 저 정도는 충분히 할 수 있다는 생각이 들었다. 문제는 시간이었다. 20일 정도밖에 연습을 하지 못한 것이 마음에 걸렸다.

우리는 앤스랙스의 뒤를 이어 무대에 올랐다. 백두산이라는 이름으로 다시 서는 첫 무대였다. 다시 세상을 향해 나아가는 출발점이었다. 비가 쏟아져내렸지만 우리는 있는 힘을 다해, 최선을 다해 공연을 했다. 많은 팬들이 우리를 보기 위해 찾아왔고, 비를 맞으면서도 자리를 뜰 줄 모르고 우리의 노래를 함께 불렀다. 가슴이 벅찼다.

다음과 네이버 카페에 백두산 팬클럽이 생긴 것은 그로부터 며칠 후였다. 한편으로는 뿌듯했고, 한편으로는 좀 더 일찍 나오지 못한 것이 미안했다.

우리는 그해 9월 27일~28일, 이틀 동안 대학로의 루나틱 아트 홀에서 공연을 했는데 그날 참 묘한 일이 있었다. 공연 도중에 22년 전 방송금지 처분을 받았던 「And I Can't Forget」이라는 곡이 해금되었다는 문자 메시지를 받은 것이다. 노래를 마치고 메시지를 확인하는 순간 나는 내 눈을 의심할 수밖에 없었다. 재결성 후 첫 단독 콘서트였다. 마치 우리의 앞날을 축복해 주는 메시지처럼 느껴졌다.

나는 멤버들과 관객들에게 메시지를 보여주며 말했다.

"그동안 방송금지 상태로 묶여 있던 저희 노래 「And I Can't Forget」가 22년 만에 풀렸다고 합니다! 모두 여러분 덕분입니다!"

내 말이 끝나기가 무섭게 관객들이 함성을 지르며 축하의 박수를 보내왔다. 나는 오랜 세월 감옥에 갇혀 있던 우리의 노래를, 관객들 앞에서 크게, 목이 터져라 불렀다.

그 후 우리는 2008광명음악축제에 초청을 받아 경기도 광명시 실내체육관 잔디광장 무대에 올랐고, 홍대 롤링 홀, 강원도 횡성군 현대성우리조트, 천년의 도시 경주 엑스포, 홍대 브이 홀, 상상마당 라이브 홀 등지에서 공연을 하며 백두산이 돌아왔음을, 싱싱하게 살아 있음을 알렸다.

당시 마포에 있는 연습실로 우리를 찾아온 『문화일보』의 김고금평 기자는 신문에 다음과 같은 기사를 썼다.

쇠줄로 칭칭 감지 않았을 뿐, 긴 머리에 청바지는 여전했다. 리더의 구령에 맞춰 시작된 연주는 20년 전 록의 전형적인 오라를 연상시킬 만큼 풍성하고 강했다. 보컬은 샤우팅을 자랑하며 녹슬지 않은 가창력을 뽐냈고, 기타는 여전히 속주 중심의 감각 있는 플레이를 선보였다. 세월의 무게를 견디지 못하고 튕겨 나온 배를 주춧돌로 베이스를 연주하는 베이시스트도, 여전히 웃옷을 벗고 기타 소리를 잡아먹을 만큼 묵직한 소리를 만들어 내는 드러머도 그 시절 그대로다. (『문화일보』 2008. 10. 14.)

시간이 지날수록 '우리나라를 대표하는 록밴드가 될 수 있다.'는 자신감이 단단하게 쌓인 우리는 마침내 2009년 4월, 4집 앨범 「Return of the King」을 세상에 내놓았다. 앨범에 실린 「우리가 대한민국이다」, 「반말 마」, 「살 만한 세상」, 「In My Life」, 「아이들아」 등은 록음악계의 선배로서 책임감을 갖고 만든 노래들이다.

지금 우리나라는 전 세계적인 경제 위기로 인해 청년 실업률이 10%에 달할 만큼 어려움을 겪고 있다. 그런데도 여야 정치인들은 서로 자기주장만 내세우며 다툼을 벌이고 있다. 음악밖에 모르고 살아온 내가 보기에도 답답한 일이었다.

우리가 노래에 진취적이며 미래 지향적인 내용, 즉 '우리 서로 마음을 열고 기대와 설렘이 가득한 대화를 나누고, 어려움을 딛고 열심히 노력해서 모든 국민들이 신명나게 잘살 수 있는 나라를 만들어보자.'는 메시지를 담은 것은 힘겨워 하는 국민들에게 힘을 북돋아주고, 희망을 주기 위해서였다. 하지만 사운드만큼은 백두산의 하드코어적인 면모를 그대로 살리려고 노력했다.

언론은 20여 년 만에 새 앨범을 발표한 우리에게 뜨거운 관심을 보였다. 많은 기자들이 경쟁하듯 우리를 취재해 갔고, '명품 밴드 백두산의 완벽한 부활', '다시 뭉친 백두산, 전설적인 무대는 지금부터', '한국 록의 신화, 백두산의 귀환' 등등 과분한 칭찬이 줄을 이어 신문에 올랐다.

몸에 쇠사슬을 감고 기타를 부수던 젊은 로커들은 이제 배 나온 중년 아저씨들이 됐다. 하지만 무대에서 관객을 호령하던 '송곳 샤우팅'과 신들린 기타 연주는 20년 전 카리스마 그대로다. 1980년대 중반 한국 록음악의 전성기를 이끌었던 4인조 헤비메탈 그룹 백두산. 87년 해체 후 최근 컴백을 선언하고 무대로 돌아온 이들 활약상이 요즘 음악계에 신선한 화제를 뿌리고 있다. 나이를 잊은 열정적인 무대에 40~50대에 접어든 '왕년의 록 마니아'들이 서울 홍대 앞 공연장으로 속속 모여들고 있는 것이다. (『중앙일보』 2009. 05. 07)

사실 국내 록계에도 롤링스톤스, 이글스 등과 같은 오랜 연륜의 록밴드가 꼭 필요했다. 부활, 시나위와 함께 80년대를 움켜잡았던 백두산의 컴백은 록계는 물론 가요계 전체에서도 커다란 뉴스일 수밖에 없다. 백두산은 지금의 날고 긴다는 록밴드, 혹은 외국 록밴드의 음악에만 마음을 주곤 했던 일부 록마니아들조차도 함부로 딴죽을 걸 수 없는 위치에 있다. (『스포츠칸』 2009. 07. 15)

4인조 록그룹 백두산은 전설을 넘어서 여전히 활동 중인 록의 엔진이다. 영국과 미국 대중음악계에서 에어로스미스, 롤링스톤스 등 50대를 넘어 60대를 훌쩍 넘긴 로커들이 활동하며 여전히 대중의 사랑을 받는 것과 달리 국내에서는 그런 로커를 찾아보기도 힘들고 록 자체가 제대로 뿌리를 내리지 못했다.

그러나 백두산은 부활과 함께 여전히 한국에 록이 살아나기 위해 싹을 틔우고 있음을 명확하게 보여 준다. (『스포츠월드』 2010. 01. 08)

한편 『서울신문』과 영화 주간지인 『무비위크』는 나를 주다스프리스트Judas Priest의 롭 할포드Rob Halford와 비교하기도 했다. 1972년에 데뷔한 주다스프리스트는 2010년 1월 31일미국 현지 시간 LA스테이플센터에서 열린 제52회 그래미상 시상식에서 최우수메탈상Best Metal Performance을 수상하며 건재를 과시했는데, 롭 할포드는 4옥타브를 넘나드는 폭발적인 고음역으로 록 마니아들로부터 '메탈의 신'으로 추앙받고 있는 보컬이다.

나는 우리에게 쏟아지는 언론의 관심이 부담스럽지 않았다. 오히려 더 많은 기사가 나와 록음악이 사람들에게 주목받기를 바랐다. 그러기 위해서는 물론 팬들이 실망하지 않도록 제대로 된 노래를 들려주어야 한다는 것을 나는 잘 알고 있다.

아내와 두 아이의 성원은 마지막 꿈을 펼치려는 내게 큰 힘이 되고 있다. 앨범이 나오자 아내는 "그렇게 하고 싶어 했던 음악을 다시 시작했으니 열심히 하라."고 따뜻하게 응원해 주었다.

아버지가 전설적인 로커였다는 사실을 몰랐던 아이들은 백두산 티셔츠를 자랑스럽게 입고 다니면서 새 앨범을 미국 친구와 이웃들에게 나눠주었다고 한다. 아버지의 앨범을 들려주면 친구들은 모두들 박력 있는 사운드에 놀라며 "정말 네 아빠가 만든 음악이 맞느냐?"고 물어본다고 한다.

아저씨 개그맨 맞죠?

내가 당시 예능프로에 출연하기로 마음먹은 것은 방송에서도 몇 번 얘기한 적이 있지만 그룹 부활의 리더이자 기타리스트인 김태원 때문이다. 공연장으로 나를 찾아온 태원이는 '예능만이 록을 알릴 수 있는 유일한 통로'라며 예능프로에 함께 출연하자고 했다. 나 역시 백두산을 대중에게 널리 알리기 위해서는 음악프로그램에 10번 나가는 것보다 예능프로그램에 1번 나가는 것이 더 효과적이라는 판단이 섰다.

나는 태원이의 권유로 MBC TV 「놀러와」에 함께 출연했는데 선글라스를 쓴 채 태원이 형님 노릇을 하는 내 모습이 의외로 재미있었던 모양이었다. 그때부터 선글라스가 트레이드마크처럼 되어버려 계속 쓰게 되었다.

태원이는 내가 아끼고 사랑하는 후배다. 나는 태원이가 고등학교에 다닐 때부터 알았다. 한국적인 감성을 듬뿍 갖고 있는 태원이는 서정적인 곡을 아주 잘 쓰는 훌륭한 친구다. 그의 가사에는 사람들의 가슴을 적시는 감성이 배어 있고, 곡은 물 흐르듯 자연스럽다. 태원이의 기타 소리를 들으면 눈앞에 안개가 쫙 깔려 있는 느낌이 든다.

태원이뿐만 아니라 예전부터 친분이 있던 개그맨 김구라도 "오랜만에 나오는 것 아니냐? 계속 음악을 하고, 공연을 하려면 많이 알려져야 한다."며 MBC TV 「세 바퀴」에 출연하라고 권했다.

나는 말주변이 없는 편이어서 녹화장에 가면 큰형님처럼 무게만 잡고 앉아 있었다. 그러다 진행자가 뭘 물어보면 대답을 하곤 했는데 내 말이 웃긴지 자주 폭소가 터져나왔다. 덕분에 공연이 잘 되는 면도 분명히 있었다. 지방에 공연을 가면 아이들이 몰려들어 내가 입고 있는 가죽점퍼를 만지면서 "와! 백두산이다!" 하고 소리치기도 했다.

그런데 문제는 아이들이 백두산을 헤비메탈 그룹이 아니라 개그맨으로 잘못 알고 있다는 것이다. 카메라를 들고 쫓아다니는 아이들에게 "아저씨는 개그맨이 아니라, 백두산이라는 그룹을 하는 유현상이라는 사람"이라고 설명하느라 진땀을 흘린 적도 많았다.

우리는 방송과 공연 활동을 활발히 해나갔다. EBS 「스페이스 공감」과 SBS 「김정은의 초콜릿」 등 텔레비전 음악프로에 출연하는 한편 제10회 부산국제록페스티벌, 제11회 동두천록페스티벌, 제11탄 젠트라X쌈지사운드페스티벌, 2009대한민국라이브뮤직페스티벌 등 다양한 무대에서 다양한 연령층의 팬들과 만났다.

백두산을 잘 모르는 사람들은 우리의 공연을 보고 깜짝 놀라는 눈치였다. 나이가 꽤 들어보이는 우리들이 젊은 친구들보다 더 열정적으로 음악을 하고 있다는 사실이 믿어지지 않는 모양이었다.

그들이 놀라는 만큼 우리는 힘을 얻었다. 우리의 공연을 보고 놀란다는 것은 곧 우리의 실력을 인정한다는 뜻이기 때문이었다. 후배들은 또 당당하게 무대에 서서 노래와 연주를 하고, 공연장이 터져나갈 듯 응원의 함성과 박수를 받는 우리를 보고 힘을 얻었다.

노래는 입으로 부르는 것이 아니다. 기타는 손가락으로 치는 것이 아니다. 음악에는 영혼이 담겨 있어야 한다. 소리만 지른다고, 기타 줄만 튕긴다고 다 록이 되는 것은 아니다.

나는 안다. 이제는 우리가 내는 소리에 책임을 져야 하는 나이가 되었다는 것을. 그러나 두렵지 않다. 우리의 세포 하나하나에는 지금까지 걸어온, 지금까지 연습한 것들이 모두 스며들어 있기 때문이다.

록은 거짓이 통하지 않는 장르다. 노력하지 않으면 팬들을 만족시킬 수 있는 소리는 결코 나오지 않는다. 나는 개인적으로 하늘에 닿는 소리, 하늘을 찌르는 소리를 내고 싶다. 살아 있는 동안 더 열심히 해서, 더 높은 소리를 내고 싶은 것이다.

우리는 죽을 때까지 음악을 할 사람들이다. 음악을 위해서 태어난 사람들이기 때문이다.

소리쳐, 다 같이 젊음을 소리쳐

우리는 2010년 1월 23일, 홍대 앞 상상마당에서 공연을 가졌다. 백두산 전국 투어를 알리는 새해 첫 공연이었다. 장소를 홍대로 잡은 것은 음악이 살아 숨 쉬는 곳이고, 젊음의 느낌이 물결처럼 떠다니는 곳이었기 때문이다.

사실 공연 날짜를 정한 후에는 내심 불안했었다. 졸업식과 입학식을 앞둔 1월이고, 날씨가 추워 사람들이 많이 올까 걱정이 되었던 것이다. 그래도 밀어붙인 것은 전국 투어를 앞두고 각오를 새롭게 다지기 위해서였다. 앞으로 세계를 향해 진격할 우리가 아닌가. 또한 후배들을 이끌어가야 할 선배 그룹이라는 자부심도 있었다.

우리의 우려와는 달리 많은 팬들이 백두산을 보러 와주었다. 공연장은 몰려든 관객들로 발 디딜 틈이 없을 정도였다. 나는 30~40대 분들이 대부분일 거라고 생각했지만 그 예상도 빗나갔다. 관객들 중 가장 많은 수를 차지한 것은 20대 젊은 남녀였다. 부모와 함께 온 세 살짜리 아이도 있었고, '현상 오빠'라는 피켓을 든 친구들도 눈에 띄었다. 우리들이 활동할 때 태어나지도 않았을 10대, 20대들 친구들이 백두산을 좋아해 주고, 박수를 보내주는 것이 기뻤다. 행복했다. 그들을 위해서라도 두 배, 세 배 더 땀을 흘려야 한다는 생각이 들었다.

공연장에 모인 사람들은 나이를 의식하지 않는 것 같았다. 너나 할 것 없이 손가락으로 사랑의 표시를 만들어 끊임없이 내보이며 음악에 맞춰 몸을 흔들었다. 이것이 바로 록이었다. 음악이었다. 음악 앞에 나이와 성별, 국적은 아무 의미가 없었다.

우리는 관객들과 함께 호흡하며, 대화를 나누며 마음껏 공연을 즐겼다. 힘든 시간을 보내고 있는 젊은이들에게 용기를 잃지 않는다면 어떤 어려움이든 헤쳐나갈 수 있다는 희망을 전하는 신곡 「소리쳐」를 부를 때는 처음 듣는 노래일 텐데 모두가 따라 불렀다.

포기할까 가지 말까 저 혼자 울다 지쳐
젊음은 쉴 곳 없다 힘없이 쓰러져갈 때
젖은 손 잡아주며 살며시 내게 찾아와
푸르고 푸른 날을 내게 선물한 친구야

감사하다는 말 전하고 싶다

소리쳐, 다 같이 젊음을 소리쳐
소리쳐, 다 같이 청춘을 소리쳐

우리는 늘 배고파 있었기 때문에 라면이든 스테이크든 볶음밥이든 가리지 않고 다 잘 먹는다. 다시 말해 공연 규모가 작든 크든, 무대가 좁든 넓든 우리에게는 상관없다는 이야기다. 백두산 공연을 보러 온 관객들이 실제로는 10명, 20명밖에 되지 않는다 하더라도 내 눈에는 언제나 5만 명 이상으로 보인다.

나는 공연을 할 때마다 항상 이번이 마지막 무대라고 생각하고 노래를 한다. 그 순간만큼은 모든 걸 잊고 공연에만 집중한다. 이제 나이도 있으니 어쩌면 노래를 하다 무대에서 쓰러질지도 모른다. 고음역대를 내는 것이 결코 쉽지만은 않은 일이니까. 한 치 앞도 모르는 것이 사람의 일이니까. 그래서 어떤 무대에 서든 최선을 다하는 것이다. 후회를 남기지 않도록.

그래도 공연이 끝나면 뭔가 부족했다는 생각을 하는 것이 바로 음악인이다. 그리고 다음에는 더 잘할 수 있다며 스스로를 위로하고, 다시 무대에 오를 날을 기다리는 것이 음악인이다. 나 역시 음악인이었다.

상상마당에서의 공연을 성공적으로 마쳤을 때 인터넷 실시간 검색 순위 1위에서 10위까지 백두산 공연이 차지했다는 말을 들었다. 그것은 록에 대한 관심이 커지고 있다는 증거나 마찬가지였다.

실력 있는 언더그룹, 인디밴드들이 모여 칼을 갈고 있는 홍대는 지금 성장통을 겪고 있다고 봐야 한다. 예전에 이태원이 그랬듯이 홍대 역시 머지않아 우리나라를 대표하는 음악의 메카가 될 것이다.

다시 한 번 록의 전성기여 오라

얼마 전 MBC TV 「음악여행 라라라」에서 신대철과 김종서가 시나위의 노래를 부르는 것을 봤다. 오랜만에 보는 모습이었다. 반가웠다. 시나위의 리더인 신대철은 록의 대부 신중현 선배의 아들답게 록에 필요한 기타 소리를 내는 뛰어난 음악인이다. 그의 기타 소리를 들어보면 굉장히 냉정하고, 자존심이 강한 친구라는 것을 알 수 있다.

나는 그들이 지금도 열심히 연습을 한다는 이야기를 듣고 문득 백두산과 시나위, 부활이 함께하는 무대를 만들어보면 어떨까, 하는 생각을 했다. 80년대를 휘어잡았던 세 그룹이 한 무대에서 공연을 한다는 것만으로도 화제가 되고, 사람들의 관심을 끌 것 같았다.

시나위도 빨리 세상 밖으로 나와 예전처럼 활발하게 음악 활동을 펼쳤으면 한다. 더 늦기 전에 그동안 연습한 소리를 모든 사람들에게 들려주었으면 한다. 그 소리를 듣지 못한다는 것은 참으로 안타까운 일이기 때문이다.

백두산이나 시나위나 부활이나 모두들 음악에 대해 식지 않는 열정을 지니고 있고, 20여 년 동안 끊임없이 연습을 해온 만큼 세 그룹이 출격하면 예전보다 더 강력한 록의 전성기가 올지도 모른다는 생각이 들었다. 록의 전성기, 듣기만 해도 가슴 벅찬 말이었다.

상상마당에서의 공연을 시작으로 본격적으로 록의 전성기를 향해 시동을 건 우리는 2월 27일 대전 알에스 홀에서 단독 콘서트를 가졌고, 3월 26일에는 신촌록페스티벌에 초청받아 연세대 노천극장에서 후배들과 함께 공연을 했다.

4월 10일에는 홍대 브이 홀에서, 5월 15일에는 대구 영남대학교 경산캠퍼스 노천극장에서 공연이 있고, 이어 울산, 창원, 부산 등 전국 투어 일정이 잡혀 있다. 또한 7월에 있을 미국 시애틀과 LA 공연을 시작으로 일본과 중국, 대만 등지에서도 공연을 할 예정이다. 아마도 우리가 시애틀에서 공연을 하면 교포들보다는 외국 사람들이 더 많이 올 것 같다. 그동안 우리 아이들이 아빠 앨범을 열심히 홍보하지 않았는가.

방송하느라 공연하느라 바쁘지만 멤버들과 함께 5집 앨범 준비도

착실히 해나가고 있다. 해외 진출의 꿈을 이번에는 반드시 이뤄야 하는 만큼 2집 때처럼 모든 곡을 영어로 만들 생각이다.

작년 가을, 백두산에 작은 변화가 있었다. 드럼의 한춘근이 집안 사정으로 빠지고, 대신 30대 초반의 젊은 친구 박찬이 들어왔다. 덩치가 큰 박찬의 드럼 소리는 마치 천둥소리처럼 강렬하다. 늘 진지하게, 열심히 연습하는 모습을 보고 있으면 언젠가는 우리나라를 대표하는 드럼 주자가 될 거라는 생각이 든다.

개인적으로 가장 안타깝게 생각하는 멤버는 도균이다. 내가 만약 문화부장관이라면 도균이를 문화상품으로 만들 것이다. 도균이가 내는 소리는 일본과 중국, 유럽과 미국은 물론 전 세계 어느 나라에서나 통할 수 있는 소리다.

도균이처럼 천재성을 지닌 친구들을 찾아내고, 공부시켜서 우리의 음악을 외국에 수출해야 한다. 충분히 가능한 이야기다. JYP엔터테인먼트의 박진영이 공들여 키운 원더걸스의 「노바디」가 미국 빌보드차트에 진입한 것을 보면 알 수 있는 일이다.

빌보드차트에 이름을 올린다는 것은 올림픽에 나가 메달을 딴 것이나 마찬가지다. 박진영은 전 세계 사람들이 소통할 수 있는 음을, 우주에 떠다니는 음을 주워올 수 있는 훌륭한 음악인이다. 원더걸스가 「노바디」를 부르면 외국인들이 박수를 치며 따라 부르듯이 우리도 아낌없이 박수를 쳐주고 격려를 해주어야 한다.

물론 원더걸스 멤버들의 나이를 모두 합쳐도 나와 도균이의 나이를 합친 것보다 적을 것이다. 하지만 나이는 숫자에 불과하다. 아직 늦지 않았다. 우리는 일본을 넘어 아시아를 평정하고, 유럽을 점령한 후 미국에서 한판 승부를 벌일 계획이다.

어쩌면 우리의 계획은 성공을 거두지 못할지도 모른다. 그렇다 해도 실망 따윈 하지 않을 것이다. 우리의 뜻을 이어받아 계속 문을 두드릴 후배들이 나오리라 믿기 때문이다. 또한 후배들을 위해 길을 터놓는 것도 우리들이 해야 할 일이고, 너나 할 것 없이 우리가 바로 대한민국이기 때문이다.

음악은 늙지 않는다
우리가 대한민국이다

한국전쟁의 영웅 맥아더 장군이 퇴임식 때 남긴 유명한 말이 있다.
"노병은 죽지 않는다. 다만 사라질 뿐이다."

그러나 이 말은 우리에게는 적용되지 않는다. 음악인은 죽지도 않고, 사라지지도 않는다. 늙지도 않는다. 세월이 가도 변하지 않는 것이 바로 음악이기 때문이다.

우리들이 다시 뭉치자, "그 나이에 무슨 주책이냐?", "더 이상 할 게 없으니 다시 록을 하는 거냐?"며 비아냥거리는 사람들도 있었다. 그러나 앞에서도 말했듯이 나이와 음악은 아무 상관이 없다. 오히려 나이를 먹을수록 깊이와 무게를 더해 가는 것이 음악이다. 그리고 할 일이 없어서 다시 록을 하는 것도 아니다.

나는 중학교를 졸업할 무렵 기타에 매력을 느껴 음악을 시작했다. 최고의 기타리스트가 되려고, 최고의 보컬이 되려고 남들이 보면 징그럽다고 느낄 정도로 열심히 연습을 해왔다. 그 시간들이 켜켜이 쌓여 지금의 나를 만든 것이다. 백두산을 만든 것이다. 지금 우리들의 바람은 롤링스톤스나 에어로스미스처럼 10대부터 60대까지, 나이와 성별을 뛰어넘어 모든 사람들에게 사랑받는 록그룹이 되는 것이다.

록은 팬들이 도와주지 않으면, 이끌어주고 격려해 주고 밀어주지 않으면 앞이 보이지 않는 음악이다. 그러나 분명한 것은 록은 진주보다 다이아몬드보다 더 화려한 빛을 낼 수 있는 음악이라는 것이다.

예부터 음악을 좋아하고 노래를 즐겼던 우리나라는 '소리의 나라'라고 해도 과언이 아니다. 지금은 글로벌 시대다. 다른 나라에서 만들었다고 해도 우리가 하면 우리의 소리가 되는 것이다. 우리들이 내는 소리가 세계를 향해 뻗어나갈 수 있는 소리라고 인정되면 아낌없이 박수를 보내주었으면 한다.

우리는 앞으로 5집, 6집, 7집 계속해서 앨범을 발표할 것이다. 늘 그랬던 것처럼 사람들에게 용기와 희망을 줄 수 있는, 긍정적이고 진취적인 기상을 담은 노래를 부를 것이다. 우리가 바로 대한민국이기 때문이다. 우리 모두가 대한민국이기 때문이다.

살 만한 세상을 만들자 살맛나는 세상을 만들자

그럭저럭 버티는 태도는 분리수거해서 던져버리자

살 만한 세상 신나는 세상 모든 것이 우리들의 몫이야

살 만한 세상을 만들자 아름다운 대한민국 만들자

우리가 대한민국이다

살 만한 세상을 만들자 아름다운 대한민국 만들자

그럭저럭 버티는 생각은 분리수거해서 던져버리자

살 만한 세상 신나는 세상 모든 것이 우리들의 숙제야(몫이야)

살 만한 세상을 만들자 아름다운 대한민국 만들자

우리가 대한민국이다

큰 꿈을 꾸자 큰 비전을 갖자

가자, 가자, 가자 Going To The World

큰 꿈을 꾸자 큰 비전을 갖자

가자, 가자, 가자 Go, Go, Go 대한민국

YOO HYUNSANG

꿈을 향해 소리쳐 | 화보

나의 꿈, 나의 사랑, 나의 가족

대한민국 최고의 기타리스트가 되는 것이 어렸을 때 나의 꿈이었다.
지금 나의 꿈은 백두산을 이끌고 세계로 진출하는 것이다!

나는 절망의 끝에서 아름다운 해독제, 사랑을 만났다.
아시아의 인어에서 한 사람의 아내가 된 최윤희.
우리의 운명적인 사랑은 죽는 날까지 계속될 것이다!

나에게 가족은 인생 최고의 행복이다.
아내와 아이들이 있어 내 삶이 빛나고 있음을, 나는 안다!

어릴 때 내 꿈은 대한민국 최고의 기타리스트가 되는 것이었다.
지금 내 꿈은 백두산을 이끌고 세계로 나가는 것이다.

백두산 1집 「어둠 속에서」로 활동할 당시의 모습. 왼쪽부터 기타 김도균, 베이스 김창식, 드럼 한춘근, 나 유현상이

해외 진출을 꿈꾸며 백두산 2집을 발표했을 때의 모습. 2집에서 특히 주목을 받은 곡이 지금도 많은 팬들이 좋아하는 「Up in the sky」와 「주연배우Main Character」다.

▲ 백두산 1집 앨범을 녹음할 당시. 무당의 최우섭 선배(가운데 흰색 점퍼 차림)가 우리 들을 응원하기 위해 찾아왔다.

◀ 1집 활동을 할 때 문화체육관 무대에서 공연하는 모습이다.

▼ 이지연 일본 공연 당시 일본 최고의 가수 기타지마 사부로와 함께. 우리는 한눈에 서로 비슷한 점이 많다는 것을 알았다. 음악이 곧 언어다.

▲ 2집 활동을 할 때 공연을 마치고 문화체육관 대기실에서. 왼쪽부터 기타 김도균, 베이스 김주연, 나 보컬 유현상, 드럼 한춘근이다.

▶ 2집 앨범 발매 후 국내 음악 평론가가 음악잡지에 우리들에 대해 쓴 글이다. '백두산 2집 「King of Rock'n Roll」은 세계 어디에 내놓아도 외국 그룹에 비해 무엇 하나 손색이 없는, 메탈 마니아들이 갈망하던 매우 격렬하고 스피드한 앨범이다. 특히 이번 앨범에서는 리드 보컬 유현상의 놀라운 변신이 돋보인다.'는 내용이다.

백두산
아들은 알고있다
많은 국내 공연을 통해 연마한
모든것들을 이젠 어디로 가야하고 어떻게
음악을 만들어 내야한다는 것을 … 이 순간도 그들은
우주에 떠다니는 순수하고 젊음이 가득한 진정한 음들을 느끼고
있다. 이러한 음들을 찾아 항상 노력하고 있는 백두산에게 뜨거운 박수와
함께 더 새로운 기대를 걸어본다.

한국의 메탈도 이제는 이렇게 할 수 있다는 것을 보여준 백두산의 두 번째 앨범 King of Rock'n roll.
King of Rock'n Roll 은 세계 어느곳에다 내놓아도 외국 그룹에 비해 무엇하나 손색이 없는 모든 메탈 매니어들이 갈망하던 매우 격렬하고 스피드한 앨범이다.
Heavy Metal 이란 국기를 초월하여 모든 나라의 젊은이들의 것이라는 것을 King of Rock'n roll, 이 앨범을 통해 잘 느낄수 있으며, 또한 이번 앨범이 지난 1집 앨범이

Mix Down 과정에서 실패했던 경험을 바탕으로 Metal 앨범으로써보안해야 할점들을 과감하게 해결했다고 볼수있다.
특히, 이번 앨범에서는 리드 보컬 유현상의 놀라운 변신이 돋보인다. 힘을 바탕으로한 하늘을 찌를듯한 4 옥타브의 음력과 테크닉은 무어라 설명이 필요없이 The Moon On The BeakDoo Mountain 의 수록된 전곡을 들어보면 직접 느낄수 있다.
3집의 수록곡중 기타 솔로의 R

▲ 첫째 아들 동균이. 동균이는 성적이 우수하고 지역봉사와 의료봉사를 많이 해 미국 대통령상을 받기도 했는데 운동도 잘해 학교에서 미식축구선수로 이름을 날렸다.

▶ 둘째 아들 호균이. 운동 감각이 타고난 호균이는 형을 따라 미식축구를 하더니 작년에는 최우수선수로 뽑히기까지 했다. 특히 수영에는 엄마만큼이나 뛰어난 자질을 보였다.

우리 부부는 광릉에 있는 절 봉선사에서 부모님 모르게 비밀 결혼식을 올렸다. 마침 현충일 행사로 주지 스님이 출타 중이어서 혜등 스님이 주례를 섰다. 갑자기 주례를 맡게 되어 급하게 머리를 깎다가 베였는지 스님의 이마에 상처가 있었다. (사진 제공 / 스포츠서울)

아내 최윤희가 미국에서 두 번째로 큰 수영장인 '킹 아쿠아틱 스위밍 센터' 헤드코치로 임명되었을 때의 모습이다.

나는 아내와 상의해 미국으로 이민을 갔다. 아내와 아이들 모두 미국에서 공부하고 싶어 했기 때문이다.

뉴욕의 악기점 앞에서. 나는 다시 음악을 해야겠다는 생각에 좋은 악기를 구입하러 뉴욕에 다녀오기도 했다.

▲ 뉴욕의 악기점 주인과 록에 대해, 음악에 대해 많은 이야기를 나누었다. 전 세계 모든 사람들과 소통할 수 있는 언어 같은 음악을 만드는 것이 내 바람이자 목표다.

▶ 고양 어울림대극장에서 콘서트를 할 때의 모습. 나는 헤비메탈 보컬에서 성인 가요 가수로 변신한 후 「여자야」, 「갈 테면 가라지」 등으로 대중에게 많은 사랑을 받았다.

우리는 재결성 후 첫 단독 콘서트를 대학로의 루나틱 아트홀에서 가졌다. 이날 공연 도중 22년 전 방송금지 처분을 받았던 「And I Can't Forget」가 해금되었다는 문자 메시지를 받았다.

홍대 앞 상상마당 라이브 홀에서. 음악에는 영혼이 담겨 있어야 한다. 소리만 지른다고 다 록이 되는 것은 아니다.

이제는 우리가 내는 소리에 책임을 져야 할 나이가 되었음을, 나는 안다.
「MAXIM」지 화보 촬영 당시의 모습.

우리들의 바람은 롤링스톤스나 에어로스미스처럼 모든 세대의 사람들에게 사랑받는 전설의 록그룹이 되는 것이다.

나는 하늘에 닿는 소리, 하늘을 찌르는 소리를 내고 싶다. 살아 있는 동안 더 열심히 해서, 더 높은 소리를 내고 싶다.